DESEO

KATY EVANS
Interludio con el jefe

Editado por Harlequin Ibérica.
Una división de HarperCollins Ibérica, S.A.
Núñez de Balboa, 56
28001 Madrid

© 2019 Katy Evans
© 2020 Harlequin Ibérica, una división de HarperCollins Ibérica, S.A.
Interludio con el jefe, n.º 2132 - 3.1.20
Título original: Big Shot
Publicada originalmente por Harlequin Enterprises, Ltd.

I.S.B.N.: 978-84-1328-853-6
Depósito legal: M-35813-2019
Impreso en España por: BLACK PRINT
Fecha impresion para Argentina: 1.7.20
Distribuidor exclusivo para España: LOGISTA
Distribuidor para México: Distibuidora Intermex, S.A. de C.V.
Distribuidores para Argentina: Interior, DGP, S.A. Alvarado 2118.
Cap. Fed./Buenos Aires y Gran Buenos Aires, VACCARO HNOS.

Capítulo Uno

India

Hay tres cosas en la vida que me molestan de verdad. La primera es tener un ciclo natural de sueño que me despierta todos los días a las cinco de la mañana sin excepción, fines de semana incluidos. La segunda es el hecho de que esta norma no se aplique a todo el mundo: ver a Montana, mi compañera de piso, aparecer en la cocina para desayunar a las ocho de la mañana todos los días con el rostro descansado y lista para iniciar el día cuando yo ya llevo tres horas en pie siempre me hace gruñir. Pero mi tercera y última aversión es la peor con diferencia: odio a mi jefe.

Mi arrogante, exigente y frío jefe.

¿Sabes ese tipo de personas que aprietan repetidamente el botón para cerrar la puerta del ascensor cuando ven a alguien acercarse porque quieren evitar el contacto humano?

Pues así es mi jefe. Pero peor.

Son las cinco de la mañana un poco pasadas. Llevo varios minutos despierta y todavía no he hecho el amago de levantarme de la cama. En lo único que puedo pensar es en que tengo que pasarme el día en presencia de ese pretencioso niño bonito, William Walker. Ha convertido mi vida en un infierno desde que empecé a trabajar como su asistente hace un año. Ahora me despierto cada mañana a esta hora infame e intento pensar en la manera de librarme de ir a trabajar sin que me despidan.

¿Llamar y decir que estoy enferma? ¿Pintarme un moratón en la frente y decir que me he caído? ¿Decir que mi perro no solo se comió mis deberes, sino que también me comió a mí? Fuerte. Pero no tengo perro. Ni tampoco estoy ya en el colegio. Y William Walker es peor que cualquier profesor al que haya tenido que enfrentarme en mi vida. Peor que ninguna persona a la que haya tenido que enfrentarme alguna vez. Solo podría superarlo Voldemort.

Van pasando los minutos. Suspiro y me levanto de la cama, me pongo el traje de chaqueta con pantalón habitual, mi uniforme de trabajo en Walker Industries. Además, no es que pretenda precisamente impresionar a mi jefe con la ropa. Quiero impresionarle con mi ética de trabajo… o al menos eso quería antes. Hasta que me di cuenta de que no se fijaba.

Después de vestirme, lavarme la cara y peinarme me dirijo a la cocina y enciendo la cafetera. La cocina es la parte más acogedora del apartamento porque a Montana, mi compañera de piso, le encanta cocinar. Miro de reojo hacia la puerta de su dormitorio con melancolía, deseando que estuviera ya despierta y preparara algo delicioso.

Consciente de que no se levantará hasta dentro de unas horas, agarro mi café y me siento en el taburete de la cocina con mi ordenador. He pasado incontables mañanas en esta cocina con el ordenador tomando café, absorbida en la escritura de mi novela. Levantarse tan temprano es una maldición y una bendición. Puede

4

que sea una hora solitaria, pero es el momento perfecto para escribir. Me veo arrastrada por mi historia casi al instante. Los jugos creativos flotan libremente esta mañana. Mis dedos tienen vida propia y vuelan por el teclado a gran velocidad. Sin apenas darme cuenta tengo quinientas nuevas palabras en la pantalla.

No sé si lo que he escrito es bueno, y la perfeccionista que hay en mí siente el impulso de volver atrás y corregir los errores, pero aprendí hace tiempo a ignorar esas molestas voces de mi cabeza. Si quiero terminar mi novela alguna vez sé que debo dejar que las palabras fluyan. Puedo revisarlas más tarde y hacer que todo sea perfecto. Forma parte de lo que me gusta del proceso. Me resulta fácil olvidarme del trabajo y de la pesadilla de mi jefe cuando estoy escribiendo. Pero en cuanto escucho la alarma del reloj de Montana sé que mi tiempo de paz se ha terminado. Esta mañana he avanzado mucho, pero me muero de ganas de poder seguir. Lo último que necesito es un recordatorio de que hoy voy a ver a William Walker.

–Buenos días, preciosa –me saluda Montana entrando tranquilamente en la cocina y dirigiéndose directamente a la nevera a sacar los ingredientes para su batido matinal. Tiene el negro cabello recogido en una impecable coleta y el rostro fresco, con su piel dorada impoluta sin maquillaje.

–Buenos días, precioso unicornio bienhumorado por las mañanas –digo con una sonrisa cerrando el ordenador.

Montana se ríe y gira la cabeza para mirarme.

–¿Has conseguido avanzar hoy? –pregunta esperanzada.

–Muchísimo. Estoy encantada porque fluye, y triste porque tengo que parar. ¿Vas a salir a correr?

Montana consulta su reloj.

–A ver si me da tiempo. Tengo que estar en la pastelería a las ocho hoy.

Montana lleva poco menos de un año trabajando en la mejor pastelería de la ciudad. No es la típica panadería que sirve pan y algunas pastas, preparan pasteles especiales, tartas de boda y obras estrafalarias como las que se ven en los concursos de cocina en televisión.

Es un sitio carísimo, pero les va fenomenal. La gente de Chicago nunca se cansa, y yo tampoco, ahora que me trae cosas de ahí todo el rato. Montana tiene un trabajo que adora, el cuerpo de una diosa y la mejor personalidad del mundo. Se puede decir que lo tiene todo, y sin embargo resulta imposible tener celos de ella, porque también es encantadora. Es mi hermana de otra madre y se merece solo lo mejor.

–Seguro que tu cuerpo te perdonará que te saltes un entrenamiento –bromeo sacándole la lengua.

Montana se ríe.

–Oh, nooooo. No podría hacer algo así. Esa actitud es la que lleva a la pereza, ¿verdad? Si no voy ahora iré esta noche. ¿Quieres venir?

Yo alzo al instante las palmas de las manos.

–No, gracias. Mi ejercicio será ir corriendo a la máquina de café.

Montana se ríe y mete un puñado de ingredientes en el vaso de la batidora.

–Ya sabes que no me gusta nada que sigas en este trabajo con ese monstruo para el que trabajas. El Hombre de Piedra, así es como le llaman en la revista de negocios que acabo de leer. ¿Sonríe alguna vez?

Yo resoplo.

–Jamás.

Montana se ríe y luego se retuerce las manos nerviosa.

–Sabes que te quiero, India. Pero pienso que ese trabajo es muy duro para ti. Hace dos noches ese tipo te estaba llamando a… ¿qué hora era cuando escuché tu móvil desde mi cuarto? ¿Las tres de la madrugada?

–William es un adicto al trabajo. No sabe cuándo parar. Cree que nadie duerme cuando él no está durmiendo –digo, preguntándome por qué lo defiendo si lo odio. Intensamente.

–Pensé que a lo mejor… bueno, no quiero volver a verte con esas ojeras, India.

Yo sonrío y guardo el ordenador.

–A mí tampoco me gustan, te lo aseguro. Pero este trabajo es mi salvavidas. Es la razón por la que puedo seguir comiendo mientras escribo mi novela –frunzo el ceño–. No a todos nos encanta nuestro trabajo. Te agradezco la preocupación, pero estoy bien. Además, enseguida dejaré el empleo, porque este libro va a ser un exitazo –afirmo con entusiasmo.

Montana sonríe mientras aprieta el botón de la batidora.

–Si quieres algo distinto puedo intentar conseguirte un trabajo en la pastelería.

Gruño.

–Las dos sabemos que eso no va a pasar, Montana. No soy capaz ni de hacer una tostada, imagínate pasteles elegantes –sacudo la cabeza y agarro mis zapatos–.

Vamos a olvidar esta conversación, ¿de acuerdo? Estoy bien. Todo el mundo tiene un trabajo que odia en algún momento de su vida.

Montana asiente distraídamente, pero las dos nos reímos porque sabemos que a ella no le pasa eso.

Antes de la pastelería trabajó como entrenadora personal en el gimnasio local. Antes de eso ayudaba a su madre en su estudio de danza enseñando coreografías infantiles a los niños. Nunca ha trabajado en un restaurante fregando cacerolas, ni como limpiadora o cajera.

Montana está en el proceso de servirse con cuidado el batido en un vaso y se muerde el labio en gesto de concentración.

–De acuerdo. Pero si te vas a quedar ahí no dejes que ese tipo te siga echando mierda encima. Dale el infierno que se merece y recuerda quién es al final tu último jefe. Eres tú, India. Tú.

Yo asiento y fuerzo una sonrisa tan falsa que me sorprende que mi compañera no lo note.

–Vaya, eso sí que es un buen consejo –digo deseando dejar de hablar de trabajo–. Gracias. Te veo luego, ¿vale?

Montana me sonríe mientras se toma su batido con una pajita rosa. Agita la mano que tiene libre.

–Vale, cariño. Que tengas un gran día en la oficina. ¡Te quiero!

–Y yo a ti –salgo de la cocina, consciente de que cada paso que doy hacia la puerta me acerca más a la oficina. Me acerca más a William Walker, el hombre del que se dice que tiene un corazón de piedra. Ah, sí. Cada centímetro de ese hombre está hecho de piedra, el corazón incluido.

Me estremezco ligeramente al pensar en el aspecto que tiene con traje. Un escalofrío de miedo, claro está. Sí, sin duda es miedo. No puedo ser tan masoquista como para estremecerme por otras razones.

Así que me obligo a mí misma a salir del apartamento y dirigirme a la estación de tren. El trayecto al trabajo es corto… demasiado corto. Me lleva al infierno demasiado rápido.

¿Queréis saber algo divertido?

Normalmente invierto el tiempo pensando en maneras de evitar a mi jefe y seguir conservando el trabajo. No es fácil, pero puedo ser sutil. No tengo nada mejor que hacer con mi tiempo cuando no estoy rellenando papeles, respondiendo al teléfono y asegurándome de que todo esté perfecto para un hombre imposible de complacer. A veces, durante los pocos minutos que tengo libres al día, fantaseo con echarle una pizca de sal en el café o ponerle todos los informes en los sitios equivocados, pero soy una perfeccionista y nunca sería capaz de hacer esa broma. De hecho nunca llevo a cabo ninguna de esas fantasías. Respeto mi trabajo en cierto modo y sé lo afortunada que soy por tenerlo. Pero en mañanas como esta una chica tiene permiso para soñar. Mi madre me interroga con frecuencia sobre mi trabajo. Cuando le hablo de los abusos de William siempre parece pensar que exagero. Comenta que lo ha visto en esa revista de negocios y que es muy guapo. Me dice que su actitud severa es señal de que es un buen jefe. A veces me gustaría llevármela al trabajo un día. Entonces lo vería. Entonces lo entendería.

Aunque seguramente seguiría diciendo que sería un buen marido.

Eso es muy gracioso. Compadezco a la mujer que consiga echarle alguna vez el lazo. Puede que sea multimillonario, pero también tiene millones de muros que lo rodean y una chica moriría en el intento nada más escalar los primeros.

Salgo de la estación de tren de Chicago a la típica mañana ventosa de la ciudad y ahí está. El edificio en el que voy a pasar el día. La sede de Walker Industries, una de las empresas de videojuegos más importantes del país. Mi madre dice que debería estar orgullosa de trabajar en una empresa tan prestigiosa, de haber sido elegida entre tantas mujeres para ser la asistente de William Walker. Pero cuando miro el gigantesco edificio, pienso que preferiría limpiar baños en lugar de entrar ahí.

¿Por qué? ¿Qué me ha pasado?

Estaba emocionada cuando me contrató el departamento de recursos humanos de Walker Industries. Quería aprender, y pensaba que aprendería del mejor si había conseguido trabajar para William Walker. Sí, tenía fama de ser un imbécil, pero era un genio para las cosas importantes. Había levantado él solo aquella empresa de la nada. Pero en el momento en que me presenté en mi primer día de trabajo y lo vi sentado en su escritorio, me temblaron un poco las piernas. Me dirigió una mirada azul que estuvo a punto de hacerme tropezar. Supongo que no fue la mejor manera de causar una buena impresión.

Para intentar salvar la cara, le di los buenos días y la voz me salió temblorosa porque me sentía intimidada por él. Se limitó a mirarme fijamente con el ceño fruncido mientras yo hablaba. Tenía las mandíbulas apretadas y los ojos tan entornados que parecían dos rayas. Desde aquel día se ha portado fatal conmigo, y cada día que pasa odio más y más mi trabajo.

Sin embargo, mis pies me hacen avanzar. Compongo una expresión de valentía y saludo con la cabeza a los compañeros que están en el mostrador de recepción. Todos me dirigen sonrisas cargadas de simpatía porque saben cuál es mi trabajo y para quién tengo que hacerlo. Vuelven a su conversación, encantados de no estar en mi lugar.

Me dirijo al ascensor. No hay nadie más esperando, aquí todo el mundo cree que conseguirá puntos extra si sube por la escalera. Yo no. Y menos porque estoy en el piso treinta y dos, en la última planta. En la suite ejecutiva, con el dueño y director general. Lo mejor de lo mejor. El top. El mayor imbécil, alias el Hombre de Piedra.

Bueno, al menos William no está esperando hoy el ascensor. Si vuelve a darle al botón de cerrar las puertas una vez más cuando me ve acercarme podría matarle.

La planta alta es relativamente tranquila. La mayoría de sus ocupantes son gente importante, y saben lo que les conviene. Por eso hacen el menor ruido posible. William odia que lo molesten. Me dirijo en silencio a mi despacho, que es esencialmente una caja de cristal. Me he acostumbrado a mi ordenador de última generación, al escritorio ultramoderno y a las impresionantes vistas de Chicago. Cuando me siento me doy cuenta de que William no está. Suele llegar temprano al trabajo sin necesidad, seguramente porque no tiene vida social. Según dice mi madre es un lobo solitario, pero para mí eso se traduce en que es un imbécil que no tiene amigos. A pesar de los lacayos que le siguen a todas partes, yo sé que no tiene amigos de verdad. Después de todo, controlo su agenda personal.

Pero, ¿dónde está hoy? No llegar pronto es como llegar tarde para él. No hay mucho que pueda hacer yo hasta que él llegue, así que me acerco a la cafetera y me preparo un café. Cuando la máquina está estrujando la cápsula se abre la puerta del ascensor y aparece William.

Tengo que admitir que hay algo en su presencia que siempre me deja sin aliento. Sale seguido de tres personas. Tiene el pelo perfectamente peinado, la barba incipiente arreglada. Sus ojos son de un azul intenso. Y hoy echan chispas de rabia.

Me ve esperando al lado de la cafetera. La oficina entera está mirando cuando se acerca a mí con un puñado de papeles en la mano. Sus colegas intentan seguirle el ritmo, y yo dejo el café, temerosa repentinamente de su mirada. ¿Habré hecho algo mal?

—Buenos días, señor Walker…

—Yo no diría que son buenos días, India —gruñe, dejándome los papeles en el brazo—. Necesito que ordenes este lío de papeles, y no quiero saber nada de ti hasta que esté arreglado.

Cuando se marcha sin sonreír siquiera, me doy cuenta de que he estado conteniendo la respiración. Y esa es la razón por la que, a pesar de su belleza, a pesar de su dinero, no puedo soportar a este hombre.

Capítulo Dos

William

¿Os habéis dado cuenta alguna vez de un error nada más cometerlo? A mí me pasa la mayor parte del tiempo. El más reciente acaba de ocurrir hace unos segundos, cuando he sido maleducado con mi asistente. En cuanto le puse la pila de papeles en las manos me di cuenta de que estaba siendo muy duro. Cuando me marché sin reconocer mi error, supe que era imperdonable.

Pero, ¿a quién le importa? Este soy yo ahora. Me largo con la cabeza bien alta y nadie se sorprende ni se lleva una desilusión. Es lo que espera la gente que trabaja para mí.

Me dirijo a mi despacho y cierro la puerta antes de que nadie pueda entrar detrás de mí. Necesito estar solo, pero resulta difícil en un edificio construido entero en cristal. Mi padre sugirió el diseño cuando yo estaba ocupado creando Walker Industries de la nada. En aquel momento no me importaba nada la estética, así que le hice caso. Mi padre aseguraba que eso promovería un ambiente sano, que los empleados me considerarían accesible si podían verme trabajar en mi despacho. Pero lo que realmente pasa es que siento que estoy en una pecera gigante, observado y juzgado constantemente.

Me siento en el escritorio y dejo escapar un suspiro inaudible. No parezco tan estresado como realmente estoy. Miro a la izquierda y veo que India se ha retirado a su despacho a trabajar con el papeleo que le he dado. Mira hacia mí y me dirige una sonrisa falsa antes de sentarse en un ángulo alejado al mío.

India es la única persona clara respecto a lo mal que le caigo. No sé si pretende mostrar su desagrado, pero lo tiene escrito en la cara cada vez que interactuamos. En cierto sentido es un alivio. Nadie más tiene el valor de hacer nada excepto aceptar mi comportamiento con férrea decisión. Tal vez India no diga nada, pero sé exactamente lo que piensa.

William Walker es un malnacido.

Me quedo sentado largo rato en mi escritorio sin hacer nada. No puedo pensar con claridad. No después de la noticia que he recibido esta mañana. Mi hermano pequeño, Kit, el desastre de la familia, ha tenido un hijo hace unos meses. Eso ya era bastante duro de aceptar, como si no fuera bastante que se hubiera casado con la mujer perfecta. Ahora, la nueva función que ha presentado en La flecha de Cupido, la empresa de mi padre y actualmente la mayor aplicación de citas del mundo, le ha convertido en multimillonario. Lo que nos hace iguales en términos profesionales a pesar de que yo he invertido muchos más años en Walker Industries que él en La flecha de Cupido. No entiendo por qué me importa tanto. Tal vez porque yo siempre he sido el que tenía éxito. O porque siempre he disfrutado comparándome con Kit. Sus errores me hacían parecer mejor a mí. Ahora estamos en igualdad de condiciones y no sé cómo manejarlo.

Soy un egoísta, ¿por qué no puedo sentirme orgulloso de mi hermano, que finalmente ha tomado las riendas de su vida y ha hecho cosas importantes? Y entonces lo entiendo. Ha conseguido todo lo que yo he logrado. Y lo hecho más rápido que yo. Ha conseguido todo lo que yo siempre quise. Poder. Estatus. Dinero. A su mujer la conoció cuando trabajaban juntos en La Flecha de Cupido. Y ahora lo tiene todo, incluida la familia perfecta.

Familia.

Eso es lo yo más he anhelado por encima de todo. Mi padre y yo nunca hemos estado particularmente unidos. Es británico, como Kit. Kit y yo somos de madres diferentes. La mía es americana y culta. La de Kit es británica y es un completo desastre. Mi padre se vino a vivir aquí cuando conoció a mi madre, pero tuvo una aventura con la madre de Kit cuando estaba visitando a su familia en Gran Bretaña. Dos divorcios más tarde, mi padre se quedó en Estados Unidos para criarnos a Kit y a mí. Mi padre y yo pasamos mucho tiempo juntos, pero si lo pienso bien todo gira en torno a los negocios. Hablamos de la empresa, de dinero, acciones y gastos, y luego nos estrechamos la mano y nos vamos cada uno por nuestro camino.

Siempre ha estado más cerca de Kit. Tal vez porque es más parecido a él en muchos sentidos: despreocupado, que no se toma a sí mismo demasiado en serio. Kit no se pasó la década de sus veinte años intentando hacerlo todo bien. De hecho no intentó nada, ni trabajar, ni tener pareja ni estar sobrio. Nada le interesaba. Yo estaba muy ocupado subiendo por la escalera del éxito profesional y no estuve muy atento al momento en el que todo cambió, cuando encontró a su mujer, Alex. Ahora lo tiene todo y yo sigo soltero y preguntándome si alguna vez tendré la misma oportunidad para cambiar.

No tengo problemas para atraer a las mujeres, pero la cosa nunca dura. Me consideran arrogante, rudo y difícil. Y puede que tengan razón. Todo ese tiempo luchando con uñas y dientes para convertir Walker Industries en lo que es hoy ha convertido mi corazón en una piedra. Al menos eso es lo que la gente cree.

No les culpo, por supuesto. Entiendo su razonamiento. De lo único de lo que soy capaz de hablar es de la empresa con la que prácticamente estoy casado. Y mi carácter no ayuda.

Dejo que se me acumule el estrés y entonces estallo y cargo sobre alguien, como he hecho con India hace un momento. Pero no soy una mala persona. Al menos eso espero. Solo he perdido un poco el camino y he olvidado cómo ser bueno. Necesito una mujer que me ayude a encontrar de nuevo el sendero.

Miro de reojo a India, que está tecleando en el ordenador con rostro inexpresivo. Es una mujer guapa, de piel bronceada y una lluvia de pecas en la nariz. Tiene los ojos del color del café que bebe con tanta frecuencia, y grandes rizos salvajes que le caen por los hombros. No importa que vista ropa anodina, siempre tiene buen aspecto.

Me doy cuenta de que la estoy mirando fijamente y vuelvo la vista al ordenador. No debería tener esos pensamientos sobre mi asistente, pero es mejor que pensar en Kit. Me pregunto cómo sería tener a una mujer como India en mi vida. Me mantendría siempre activo, de eso estoy seguro. Aunque no lo demuestre en el trabajo se le ve que tiene fuego. Es muy inteligente, organizada y trabajadora. Muy trabajadora. También es divertida. La gente siempre se ríe con sus ocurrencias en la máquina de café. Pero me pregunto cómo sería en una relación. Puro fuego en el dormitorio, por supuesto. Apasionada en todos los aspectos, ahora que lo pienso. Me imagino que es de esas que guarda rencor por cosas pequeñas y que se muere de celos si otra mujer muestra interés. Pero podría estar equivocado. Después de todo, nunca me he tomado el tiempo de conocerla.

¿De verdad estoy fantaseando con la asistenta a la que no hago más que mandar? Sacudo la cabeza. Nunca mostraría ningún interés en mí después del modo en que la trato. ¿Me gustaría invitarla a cenar? Por supuesto. ¿Lo haré alguna vez? Por supuesto que no. Sé que aunque no fuera algo inapropiado, también diría que no. ¿Qué clase de chica quiere salir con el tipo que le hace la vida miserable?

Escucho el teléfono a través de la pared de cristal e India suspira con fuerza, lo descuelga y pone su voz más alegre. Parece relajarse un poco cuando la persona empieza a hablar al otro lado de la línea. Incluso se ríe un poco. Pongo los ojos en blanco. Ya sé quién debe estar al teléfono.

Kit.

Tengo que esperar unos minutos mientras India charla. Luego mira hacia mí y dice que me va a pasar a Kit. Transfiere la llamada y se aparta de mí lo más rápidamente posible. Kit empieza a hablar en cuanto me pongo el teléfono en la oreja.

–¡Hola, hermano! Cuánto tiempo sin hablar, ¿qué tal estás? Espero que cuides bien a esa joya de asistente que tienes.

–¿Qué quieres, Kit?

–Eh, ¿es que no puedo llamar a mi hermano para ver qué tal está? ¿Tan mal concepto tienes de mí que crees que solo llamo porque necesito algo de ti?

–Sí.

Kit se ríe.

–De acuerdo, es justo. Iré al grano. Sabes que Alex y yo nos vamos de luna de miel la semana que viene, llevamos meses esperando esto. Cuando nos casamos pensamos que era mejor esperar al relanzamiento de La Flecha de Cupido y luego nació Rosie, así que llevamos tiempo planeando esto. Teníamos una canguro preparada después de meses de entrevistas, pero le ha surgido una urgencia familiar y no puede encargarse.

Suspiro y me reclino en la silla.

–¿Qué quieres de mí?

–Mira, eres el tío de Rosie. Somos familia, y la familia se apoya. Ya sabes lo poco que le gusta a Alex dejar a nuestra Rosie con desconocidos. Y los dos hemos visto el cariño que le tenías a la niña cuando viniste. Pensábamos que tal vez querrías pasar un tiempo con ella mientras estamos fuera. Son dos semanas, y te lo agradeceríamos mucho.

–Tendría que tomarme unos días libres en la empresa. No puedo irme de vacaciones cuando quiera, Kit. Soy el director.

–¡Trabaja desde casa! Vamos, eres mi única esperanza –suspira–. Alex no querrá que ningún desconocido cuide de Rosie. Cancelará el viaje si no accedes.

–¿Y papá? ¿Le has preguntado a él?

–Diablos, no. Lo agotaría en un par de horas. ¡Vamos, tú eres joven! Además, conozco la cara de embobado que se te pone cuando la ves. ¿De verdad te quieres librar de esto? Pensé que aprovecharías la oportunidad de poder pasar más tiempo con Rosie.

A una parte de mí le encanta la idea. No puedo negar que Rosie es adorable. Pero cuidar de ella será también un doloroso recordatorio de lo que no tengo.

–De verdad que no puedo, Kit. Tendrás que encontrar a otra persona.

–¿Qué he oído? ¿Que te encantará cuidar de Rosie las dos semanas enteras? ¡Genial, William! Eres el mejor hermano del mundo.

–Kit, te juro que…

–Te la dejaré el lunes a primera hora de la mañana. Me alegro mucho de que hayas accedido. Adiós, hermano.

–Kit, eres un…

Ha colgado. Gimo frustrado y dejo el teléfono antes de apoyar la cabeza en la mesa. ¿Cómo diablos voy a salir de esta?

Capítulo Tres

India

Algo le pasa hoy a William. No he hablado con él en todo el día, pero lo sé. Cada vez que miro en su dirección está dando pasos por el despacho y murmurando entre dientes. Y cuando han dado las cinco en punto ha sido el primero en salir por la puerta. Algo extraño en él.

Siento como si me quitaran un peso de encima cuando salgo de la oficina. Supongo que parte de la razón es porque esta mañana William me ha avergonzado en público. Normalmente, cuando es brusco conmigo lo hace en la privacidad de su despacho. Pero hoy me ha humillado delante de todo su equipo.

Cuando llego a casa me encuentro el apartamento en silencio. Montana todavía tardará un poco en llegar, y me alegro de tener un rato para escribir. Me siento en la encimera de la cocina, abro el ordenador y antes de poder acceder a mi manuscrito veo que tengo un correo de una dirección que no conozco. El título del mensaje menciona un trabajo. Lo abro con curiosidad.

No recuerdo haberme inscrito últimamente en ninguna oferta de empleo. Renuncié hace tiempo a encontrar algo mejor, pero cualquier cosa podría ser mejor ahora que trabajar para William.

Leo con atención el contenido.

Querida India:

Nuestras más sinceras disculpas por la tardanza en responder. Hacer varios meses recibimos tu currículum para trabajar como redactora con nosotros. Desafortunadamente, ese puesto ya estaba ocupado, pero nuestro equipo ha revisado tu currículum y creemos que podrías encajar perfectamente en otro puesto. Nos gusta mucho cómo escribes y creemos que podrías ser una contribución excelente para las páginas de salud y belleza de nuestro sitio web.

Aunque se trata de un puesto freelance *y te pagaríamos por artículo, es una manera estupenda de asomar la cabeza. También trabajarías desde casa, por lo que puedes hacerlo en cualquier horario que te convenga. Si crees que podría interesarte, por favor, ponte en contacto con nosotros.*

Saludos cordiales,

Lauren Garvey
Freelance World

Oh, Dios mío.

Vuelvo a leer el correo y recuerdo que lo eché mucho tiempo atrás. No puedo creer que esto no sea parte de mi novela, que sea real. Es toda una oportunidad. ¿Qué debería hacer? ¿Aceptar un trabajo que me gusta y por el que me van a pagar menos o seguir trabajando para un imbécil y tener más dinero?

Montana elige el momento perfecto para volver a casa. Entra en la cocina con una caja que sin duda contiene pasteles que han sobrado de la pastelería.

–Hola, ¿qué tal tú día? –me pregunta sonriendo y abriendo la caja.

–Como siempre. Pero todo está a punto de mejorar –afirmo sonriendo también y agarrando una magdalena de chocolate–. Acabo de recibir una oferta de trabajo de una empresa de comunicación. Quieren que escriba para ellos. Podría hacerlo desde casa y dejar mi empleo de asistente.

Montana abre los ojos de par en par.

–¡Eso es increíble, India! Dime que vas a decir que sí...

–Me siento tentada, pero seguramente ganaré bastante menos que en Walker Industries.

–El dinero no lo es todo. Mientras tengas para pagar el alquiler y puedas seguir con tu novela...

–Sí –reconozco a regañadientes. Siento una punzada de duda en el estómago ante la idea de dejar a William. Sinceramente, ¿qué otra mujer sería capaz de aguantarle como yo? Aunque eso tendría que darme igual.

–Entonces, ¿a qué esperas? ¡Acepta el trabajo!

Me muerdo el labio inferior. Sigo reacia. Pienso en sus arrogantes ojos azules y el estómago se me encoge todavía más al pensar en dejar a ese malnacido. Y me enfado todavía más con él por esclavizarme emocionalmente sin siquiera ser consciente de ello.

–Voy a hacerlo –afirmo asintiendo vigorosamente con la cabeza para intentar convencer a mi cuerpo de que se sincronice con mi cerebro–. Sí, voy a hacerlo.

Aspiro con fuerza el aire y escribo mi repuesta. Montana aplaude cuando le doy a la tecla de enviar. Luego se acerca a la nevera y saca una botella de champán.

–Vamos a emborracharnos para celebrarlo.

–Adelante –murmuro nerviosa, alzando la copa que Montana me ha llenado–. Salud.

Cuando me despierto al día siguiente, que es viernes, apuesto a que son las cinco de la mañana, pero esta vez, cuando intento abrir los ojos es como si tuviera piedras en los párpados. Tengo náuseas y mi estómago todavía protesta por la cantidad de champán que bebí anoche.

Me siento en la cama, miro el reloj y el corazón me da un vuelco. Son las 8.43 de la mañana, voy a llegar tarde al trabajo el día que presento mi renuncia. ¡Mierda!

Me ducho a toda prisa, me visto y llamo a un taxi. Hoy no hay tiempo para el transporte público.

Cuando entro en la oficina el reloj dice que llego cuarenta minutos tarde. No es tan grave como me temía, pero sé que William estará furioso. Subo al ascensor sudando y cuando las puertas se abren estoy empapada. Veo a William en su despacho con tres hombre de traje y maldigo. Se suponía que yo debía estar sentada en aquella reunión tomando notas. William va a estar todavía más enfadado de lo que imaginaba. Pero ya no hay vuelta atrás.

Me dirijo hacia el despacho de William con toda la confianza en mí misma de la que soy capaz. Veo cómo levanta la cabeza cuando me ve venir. Su expresión profesional se transforma en una mueca de furia pura. Se levanta justo cuando cruzo la puerta y entro en la guarida del león. Los otros hombres se giran para ver quién ha interrumpido la reunión.

–Llegas tarde –me espeta William con sus azules ojos echando chispas.

–Sí, llego tarde.

–Mas te vale cambiar de opinión si no quieres que te despida aquí mismo –me suelta William sin importarle que los otros hombres estén delante.

Y en ese momento me doy cuenta de lo mucho que necesito hacer esto. No puedo seguir en un sitio en el que se me humilla públicamente.

–No va a hacer falta que me despidas –aseguro con una sonrisa edulcorada–. Dejo el trabajo ahora mismo.

Capítulo Cuatro

William

¿Qué diablos?

Me quedo mirando fijamente a India, preguntándome quién diablos se cree que es. ¿Aparece allí tarde y tiene la audacia de amenazar con irse?

–¿Qué acabas de decir? –le pregunto con la sangre hirviendo de rabia.

–Ya me has oído –afirma ella con tono desafiante.

¿Cómo se atreve a humillarme así delante de mis clientes? Paso por delante de ella y abro la puerta de mi despacho.

–Espérame en tu despacho. Tenemos que hablar.

Le hago un gesto para que salga. Parece que India va a protestar, pero tras unos instantes hace lo que le digo.

–Disculpen un segundo, caballeros –murmuro–. Vuelvo enseguida. Si quieren ir leyendo el contrato mientras tanto…

Aspiro con fuerza el aire con la esperanza de mantener la calma mientras voy a hablar con India.

Cuando entro en su despacho la encuentro caminando arriba y abajo.

–Siéntate, India –le pido en voz baja pero firme. Ella toma asiento en su silla y me mira recelosa–. Has sido una buena empleada.

Ella parece sorprendida por el cumplido, aunque trata de mantener una expresión neutral. Sintiéndome de pronto nervioso, meto las manos en los bolsillos y la miro fijamente.

–Por eso estoy dispuesto a darte otra oportunidad. Ha sido precipitado por mi parte hacer ese comentario sobre despedirte, y tú te has precipitado al pensar en irte. Después del modo en que me has avergonzado, yo diría que tienes suerte de que sea tan generoso. No mucha gente te daría una segunda oportunidad después del modo en que te has comportado hoy.

–¿Y qué me dices de todas las segundas oportunidades que te he dado yo a ti? –responde ella.

–¿A qué demonios te refieres?

India se ríe y sacude la cabeza.

–Por supuesto. No tienes ni la menor idea. No eres consciente de las consecuencias de tus actos. ¿Me tratas fatal y esperas que te tenga respeto? ¿Que esté agradecida de tener una segunda oportunidad? Me has gritado por llegar cinco minutos tarde, William. Cinco. Me has llamado a mi casa en mitad de la noche porque no encontrabas un papel que te había dejado encima de la mesa. No te gusta que te sirva el café solo ni tampoco si le pongo leche. Nada de lo que hago te complace. Así que se acabó.

–Estoy empezando a enfadarme de verdad. Siempre he sido justo contigo, India.

Ella sacude la cabeza.

–¿Por qué sigo aquí y por qué me molesto en discutir con un hombre que no sabe lo cruel que es en realidad? Me voy.

–No puedes irte. No tengo a nadie que haga tu trabajo.

India sonríe sin ganas.

–Ese ya no es mi problema –murmura mientras recoge sus cosas.

Lo único que yo puedo hacer es mirarla con los ojos abiertos de par en par. Y sin decir nada más, se marcha.

Yo entorno los ojos, confundido por mi necesidad de salir corriendo tras ella. Algo que no voy a hacer, por supuesto. No hay nada más que yo pueda hacer. La veo salir de la oficina. Y una parte de mí se alegra de verla marchar. De saber que ya no veré esos ojos grandes y brillantes y esa tentación andante que supone India Crowley.

Aprieto los puños, consciente de que es demasiado buena para este lugar. Demasiado buena para trabajar con un hombre que la trata tan mal. Y mientras la veo marchar entiendo todo lo que he hecho mal. Aquí y en mi vida amorosa. ¿Por qué me ha hecho falta algo tan radical para entender que yo soy el problema?

Tras finalizar la reunión con mis clientes, regreso a casa. Hay más tráfico de lo normal, lo que me da la oportunidad de estar un rato a solas con mis pensamientos. La mayoría de ellos centrados en India. Me pregunto qué hará ahora. Me preocupa que no tenga otro trabajo. ¿Podrá seguir pagando el alquiler? No sé por qué me interesa tanto, pero después de que se haya marchado así no puedo olvidarla sin más. Algo me dice que esa mujer estará en mi mente por algún tiempo.

Detengo el coche frente a mi casa. Miro la mansión que tengo delante y me doy cuenta una vez más de lo grande que es para una sola persona. Dos plantas, techos altos, anchas columnas, grandes ventanales. Es el producto de años de duro trabajo. Años de aislamiento y noches en la oficina. Cierro el coche y entro.

Los suelos de mármol brillan como espejos y toda la casa está impoluta. El servicio trabaja muy bien. Después del día que he tenido, decido que me vendría bien una copa. Voy a la nevera y saco una botella de champán. Acabo de servirme una copa cuando me suena el móvil.

–Walker –contesto sin comprobar quién llama.

Escucho a Rosie llorando de fondo y a Alex intentando consolarla.

–Oye, no quería llamar y darte la lata, pero tenemos que irnos, William. Ahora mismo –suena cansado y preocupado–. La hermana de Alex ha tenido un accidente. Tengo que llevarla ahora mismo a verla.

–Oye, Kit, no es que no quiera ayudar, pero…

–Bien. Estaremos allí en una hora. Necesito tu ayuda.

Aprieto los dientes y recuerdo lo que ha pasado con India. Recuerdo que soy un imbécil. Que es hora de hacer un cambio. Ahora lo veo. Empezando con mi vida familiar. Pienso en mi hermano, que guarda silencio al otro lado del teléfono. ¿De verdad es tan malo pasar un tiempo de calidad con mi sobrina? Miro hacia el jardín y pienso en las cosas a las que puedo jugar con Rosie. Mis tranquilas noches están a punto de volverse mucho más interesantes.

–De acuerdo –digo en voz tan baja que apenas se me oye–. Adelante, seré el canguro de Rosie.

Capítulo Cinco

India

Lo estoy haciendo. Lo estoy haciendo de verdad. Me niego a mirar hacia atrás mientras me dirijo al ascensor. Una parte de mí esperaba que William me siguiera, pero no lo hace. Antes de que me pueda dar cuenta, estoy fuera del edificio rumbo a la libertad. La emoción no dura demasiado. La buena chica que hay en mí está en estado de shock. ¿Por qué he tenido que montar semejante escena? Pero en el fondo conozco la respuesta.

Porque se lo merecía.

Pero he gastado todos mis cartuchos. William no dará ninguna referencia buena de mí. Todo depende ahora de ese trabajo de *freelance*. De pronto, la libertad no me parece tan atractiva. Me cuesta respirar mientras me dirijo hacia el tren para volver a casa. Tengo que recordarme que esto es lo que quiero. Es el comienzo de una nueva vida.

Entonces, ¿por qué tengo tanto miedo?

Llegar a un apartamento vacío a media mañana no está bien. Saber que tengo todo el día por delante debería animarme, pero lo único que quiero ahora mismo es volver a la oficina y suplicarle a William que me deje recuperar mi empleo. La idea de la incertidumbre me provoca mareos.

Pero no lo haré, porque me queda algo de orgullo y porque sé que de todas maneras no funcionaría. William es un hombre duro y orgulloso. No me perdonará jamás por las cosas que le he dicho, aunque fueran verdad.

Ahora estoy sola.

Me siento durante un largo rato sin hacer nada. No puedo concentrarme en nada productivo, debería estar averiguando en qué va a consistir mi nuevo trabajo o preparando mi currículum. Debería estar haciendo algo para contrarrestar el hecho de que hoy he perdido mi trabajo.

Montana llega finalmente a las cinco con varias bolsas de la compra en la mano. Me ve tumbada en el sofá y cae en la cuenta.

—Lo has hecho, ¿verdad? ¿Has dejado Walker Industries?

Yo asiento con la cabeza y Montana deja todas las bolsas en el suelo y viene a darme un abrazo.

—Maldita sea, India. Nunca pensé que te atreverías.

No es una afirmación reconfortante. Hace que me sienta como si hubiera cometido un error. Un gran error. Montana parece darse cuenta y recula al instante.

—Lo que quiero decir es que ha sido un movimiento muy valiente. Pero había que hacerlo. Ya no tendrás que estar en un sitio en el que no te valoran ni eres feliz.

—¿Y si no era tan malo?

¿Cómo puedo explicarle a Montana que he visto la vulnerabilidad de William y que eso me ha provocado una punzada en el corazón?

—Te conozco, India. Eres dura —Montana toma

asiento a mi lado en el sofá–. Sé que nunca exagerarías tu reacción con algo así. Si dices que algo es una pesadilla, es que lo es.

Guardamos silencio unos instantes. Yo suspiro. Cada vez que pienso en lo que ha ocurrido en la oficina, me viene a la mente una cosa. Decido compartirla con Montana por si tal vez me puede ayudar a entenderlo.

–¿Te cuento una cosa? Antes de que me fuera, William dijo que yo era una buena empleada. Creo… creo que es lo más amable que me ha dicho en todo el tiempo que ha trabajado allí.

Montana resopla. No está en absoluto impresionada.

–Bueno, no es tampoco un gran cumplido, ¿no te parece?

–Supongo que no. Pero él no regala nunca cumplidos. Y que haya alabado mi rendimiento laboral… bueno, eso en su caso es un gran halago.

–¿Qué intentas decir?

–Creo que tal vez he juzgado mal sus acciones. Tal vez siempre ha sido cruel para ser amable en lo que a mí se refiere. Tal vez pretendía incentivarme teniéndome todo el rato alerta, presionándome para que alcanzara todo mi potencial.

Montana chasquea la lengua y me da un golpecito en el brazo.

–No sé por qué defiendes su actitud, India. Y además, aunque eso fuera cierto, ¿no sería un poco manipulador?

Hago un esfuerzo por volver a recuperar mi argumento.

–Solo digo que a lo mejor no es tan malo como parece. A lo mejor es un incomprendido, trabaja bajo

31

mucha presión para dirigir una empresa tan importante.

–Vale, ya entiendo. Lo que quieres decir es que tiene excusa porque hace un trabajo increíble. Pero eso no es así. Aunque sea un mandamás, no es un tipo amable. Tienes suerte de haberte librado completamente de él.

Suspiro. Tal vez no haya sido buena idea sacarle este tema a Montana. Ella no conoce al hombre, así que es imposible que entienda mi punto de vista. Pero está en lo cierto, defender al tipo que ha hecho mi vida desgraciada no es digno de mí. Parece que me gusta que me machaque constantemente alguien que se cree superior a mí.

Pero, ¿acaso no he hecho yo lo mismo con él? Sí, sin duda fue William quien empezó a ser áspero conmigo. ¿Pero fue siempre así o yo lo volví loco con mis comentarios mordaces y mi actitud? Me conservó a su lado solo porque soy una buena empleada. Tal vez en su mente yo soy tan mala como él para mí.

La idea me produce una punzada en la boca del estómago.

Montana se da cuenta de que me estoy torturando y me da otro golpecito en el brazo. Parece preocupada.

–Oye, no pienses tanto. Tienes que soltar. Aquí es donde empieza tu nueva vida. Aprovéchala al máximo.

Tiene razón. No puedo quedarme eternamente lloriqueando y cuestionándome. Me siento más recta, echo los hombros hacia atrás y abro el ordenador. Tengo un correo nuevo de Lauren Garvey. Sonrió.

–De acuerdo, nueva vida. Allá voy.

Capítulo Seis

William

Es sábado. Alex y Kit vienen de camino ahora para dejar a Rosie. Doy vueltas por toda la casa desesperadamente para asegurarme de que todo está limpio y es seguro. Rosie todavía no gatea, pero una parte de mí tiene terror a que escape de algún modo de la cuna y se haga daño. He tapado todos los enchufes de la casa para que no se electrocute y he guardado todas las cosas frágiles con las que se podría cortar. Soy consciente de lo absurdo de estos preparativos, es literalmente un bebé todavía, pero me parece muy importante hacer esto bien. Una vida depende de mí.

Decido que no hay mucho más que pueda hacer, así que bajo para sentarme en el salón. No puedo dejar de mover las piernas mientras intento esperar con paciencia la llegada de Rosie. No quiero dejarme llevar por los nervios. Cuando eso ocurre es cuando empiezo a cometer errores idiotas, y no puedo permitirme algo así cuando llegue el bebé.

Llaman a la puerta y me sobresalto. Me pongo de pie, aspiro con fuerza el aire y voy a abrir. Me encuentro con Alex con Rosie en brazos. Mi cuñada no es muy sonriente en general, pero hoy parece especialmente desgraciada.

–No te dejes engañar por su carita de ángel –dice dándole un beso a su hija en la frente antes de entrar–. Es un terror.

Miro hacia la entrada y veo a Kit peleándose con las cosas del bebé. Estoy a punto de salir a ayudarle cuando mi padre se baja del otro lado del coche. Me saluda con la mano, yo le digo hola y me pregunto qué está haciendo aquí.

–Papá… no esperaba verte aquí.

Mi padre sonríe. Como a Kit, no le cuesta sonreír.

–Hola, hijo. ¿Creías que iba a perderme la oportunidad de verte con un bebé? –se ríe con ganas–. Teniendo en cuenta tu trayectoria con las mujeres puede que todavía falte bastante para que tengas tu propio hijo. Quería ver cómo te las apañabas como padre por unos días.

Kit y él se están riendo de mí ahora y yo fuerzo una sonrisa fingiendo que también me parece divertido.

–Prometo hacer un trabajo tan bueno como tú, papá –le espeto.

Kit se ríe todavía más, seguramente porque se acuerda de que nuestro padre no podía quedarse con nosotros cuando éramos bebés. Le daban pánico la caca, los vómitos y que pudiera pasarnos algo.

–De verdad, gracias por hacer esto –me dice Kit cuando por fin se deja de reír–. Te lo agradecemos mucho. Espero que cuando la hermana de Alex se mejore podamos irnos de luna de miel.

Kit y mi padre empiezan a meter cosas en casa y yo les sigo. Dejan una cuna, un parque, una pila de juguetes y suministros en el centro del salón. Alex está sentada en el sofá con Rosie en brazos.

–Entonces, ¿crees que podrás ocuparte de la princesa tú solo? –me pregunta mi padre mientras saca las cosas de la niña.

–Sí –asiento yo.

–¿Y estás dispuesto a trabajar desde casa?

–Sí, papá. Estoy plenamente preparado.

Mi padre me da un golpecito en el hombro con la mano.

–Lo sé, hijo. No dudo de ti.

«Pues lo parece», me dan ganas de decir. Pero mantengo la boca cerrada. Ahora no es momento de confrontaciones. Por mucho que mi familia se burle de mí, tengo que mantener la calma. Así es como he lidiado siempre con ellos y hasta el momento ha funcionado.

Parece que a mi padre le cuesta trabajo entender que no soy un asiduo a las fiestas como era él a mi edad. Le preocupa que sea un adicto al trabajo.

Alex estira los brazos para pasarme a Rosie.

–Toma. Deberías acostumbrarte a tenerla en brazos.

Me da un poco de cosa. Hace tiempo que no tengo a mi sobrina en brazos, y la idea me pone nervioso. Pero tengo que acostumbrarme, así que la tomo con cuidado. Pesa más de lo que esperaba, pero me acostumbro enseguida a su peso. La niña resopla ligeramente y yo la acuno con suavidad.

–Bueno, creo que ya está todo –dice Kit tras regresar de otro viaje al coche–. Deberíamos irnos. Todavía tenemos que hacer las maletas.

Yo asiento distraídamente mirando a Rosie.

–Pasadlo bien –les digo dándole un abrazo a Alex.

–Estoy deseando ver a mi hermana. Asegúrate de

que la niña esté bien y luego duerme –sonríe con cansancio–. Espero que te hayas echado una buena siesta antes de que llegáremos. No tendrás otra oportunidad.

Me río, aunque no parece que Alex esté de broma. Mi padre me da una palmada en la espalda.

–Si tienes algún problema, llámame –dice.

Yo asiento, pero sé que no lo voy a hacer. Ni aunque la niña se queme a lo bonzo o salte por la ventana. De ninguna manera admitiré ante mi padre que no puedo hacer esto. Esta es una misión en solitario.

–Gracias, pero no será necesario. Todo va a estar bien.

–¿Y crees que puedes compaginar todo el trabajo que tienes con el cuidado de Rosie? –pregunta mi padre alzando una ceja.

Yo aspiro con fuerza el aire por la nariz.

–Supongo que tendré que demostrarte que puedo.

Mi padre se ríe y me vuelve a dar una palmada en la espalda.

–Ese es mi chico. Siempre tan competitivo.

«Porque tú me obligas a competir con todo el mundo, incluido yo mismo». Me doy cuenta, y no por primera vez, que la mitad de las conversaciones con mi padre tienen lugar en mi cabeza. Tal vez algún día tenga el valor de decirle a la cara todo lo que pienso. Alex le da un beso a Rosie en la frente.

–Cuida bien de ella –me repite casi como en una plegaria. Parece que no se quiere ir. Kit la guía hacia la puerta.

–Podemos confiar en él, Alex. Vamos.

–Pero…

–Ya es suficiente, Alex. Es hora de irse.

Finalmente se marchan los tres, y cuando el coche arranca siento una punzada de miedo.

Ahora estamos solos Rosie y yo.

La miro justo en el momento en que abre los ojos. El corazón se me para. Agita las manitas y me sonríe durante un breve instante. La abrazo más fuerte. ¿Qué puede salir mal?

Estoy a punto de averiguarlo. Veo cómo se oscurece el rostro de Rosie. Le tiembla el labio inferior y de pronto empieza a llorar. Más fuerte de lo que cabría esperar. Tiene la cara roja y le caen las lágrimas por las mejillas. La alejo un poco de mi pecho, preguntándome cómo puede una cosa tan pequeña hacer tanto ruido.

Y así empieza la pesadilla.

Hace más de una hora que Rosie empezó a llorar, y todavía no ha parado. Lo he intentado todo: he probado a cambiarle el pañal, pero cada vez que lo comprobaba, estaba seco. He intentado darle de comer, pero no le apetecía. He agitado los juguetes delante de ella, pero los ignora. He abandonado por completo la idea de trabajar. ¿Cómo voy a concentrarme con Rosie gritando tan fuerte que hasta las ventanas tiemblan?

La acuno hacia delante y hacia atrás. Empiezo a preguntarme si le pasa algo malo. ¿Es normal que los bebés lloren tanto? Hay millones de razones por las que podría estar llorando, pero no sé cuáles son.

Entonces diviso algo. Rosie tiene la boca completamente abierta al llorar. Parece que tiene las encías algo hinchadas. Y de pronto caigo en lo que podría estar pasando. Le paso delicadamente el dedo por la encía para comprobar si mis sospechas son ciertas.

Sí. Le están saliendo los dientes.

Estupendo, justo lo que necesitaba, durante las dos semanas que voy a estar cuidando de ella le tocará pasar lo que Kit una vez llamó el momento más estresante de un bebé. Dejo a Rosie en la cuna y trato de concentrarme en buscar algún remedio. Tras buscar en la pila de suministros encuentro anillos para morder y gel de dentición. Para mi alivio, cuando se lo paso por las encías parece calmarse un poco. Suspiro aliviado. La casa parece extrañamente tranquila ahora que la niña se ha calmado, pero no me quejo. Esto es mejor que su llanto.

Consulto el reloj. Solo ha pasado media hora y estoy agotado. Desafortunadamente no puedo decir lo mismo de Rosie, ahora que no está llorando, se aburre. Me siento en la alfombra del salón con ella y le pongo juguetes de colores delante de la cara mientras ella aplaude con alegría. Desde luego esto es mejor que el llanto, pero solo quiero que se duerma un poco para poder ordenar mis pensamientos.

Son las once de la noche cuando empieza a adormilarse, y aprovecho la oportunidad para llevarla a mi dormitorio, donde he instalado la cuna, y la dejo ahí para que se eche una siesta. A los pocos minutos se queda dormida y salgo a hurtadillas sin despertarla.

Bajo con la intención de ponerme a ordenar sus cosas, pero nada más sentarme me tumbo en el sofá y cierro los ojos. ¿Cómo es posible que un bebé me haya agotado tan rápidamente? No puedo imaginarme haciendo esto todos los días durante dos semanas.

Tal vez mi padre tenga razón. Tal vez no esté hecho para esto. Pero entonces me acuerdo de algo muy importante: Kit y Alex están haciendo esto juntos. Es un trabajo de al menos dos personas. Así que tal vez no estaría mal contar con algo de ayuda.

Necesito refuerzos. Pero, ¿a quién puedo llamar? A mi padre no, y menos tan pronto. Supongo que el problema está en que nadie más acudiría en mi ayuda. Mis amigos son casi todos hombres y tan adictos al trabajo como yo. Podría contratar a alguien, pero, ¿cómo sé que puedo confiar en esa persona?

La confianza es el motivo por el que me encuentro ahora en esta situación. Los padres de Rosie no confían en nadie lo suficiente como para contratarle, así que si yo lo hago estaría traicionando sus deseos. Solo hay una persona a la que podría llamar. Sé que puedo confiar en ella. Podría ayudarme con mi carga de trabajo. Podría ser el otro progenitor durante dos semanas. No conozco a nadie más trabajador, y es una de las pocas personas en las que tengo confianza plena. Le confiaría cualquier cosa: mi empresa, mis necesidades personales. Incluso esto.

El problema es conseguir que acepte.

Aunque sé que tengo muy pocas probabilidades, busco el número de India en el móvil. Me preparo para irme a la cama y dejo el móvil en la mesilla de noche con su número en la pantalla, listo para marcarlo mañana.

Y me niego a pensar en por qué el corazón se me acelera cuando pienso en ella.

Capítulo Siete

India

Es domingo por la mañana y ya he terminado con el trabajo. ¿Cómo es posible? Me levanto a mi hora habitual. Preparo el desayuno y hago una sesión de escritura en la cocina. Luego, tras recibir mi encargo por correo electrónico, que consiste en escribir un artículo sobre los mejores trabajos que se pueden hacer en línea desde casa, investigo un poco y hago un borrador. Ahora llevo como una hora intentando llenar el tiempo editando el texto y tratando de pensar en los siguientes pasos. Esta mañana me siento muy productiva y ahora no tengo nada más que hacer.

Me siento en la silla y suspiro. No imaginé que el trabajo de *freelance* sería así. Estoy a punto de escribir para pedir más encargos, pero no quiero dar la sensación de que he hecho este a la carrera. Vuelvo a repasar el texto para comprobar que está perfecto, pero las palabras se me borran ante los ojos. He leído el artículo tantas veces que casi me lo sé de memoria. Y luego intento seguir con la novela, pero no tengo inspiración. Más me valdría aceptar que por hoy he terminado.

Decido prepararme una comida saludable. Le robo a Montana algunos ingredientes de la nevera y me preparo un deprimente y ligero plato de pollo. Tardo casi media hora en comer, pero no es suficiente. Todavía me queda el resto del día, y si no encuentro algo que hacer me voy a volver loca de aburrimiento. Ahora recuerdo por qué busqué al principio un trabajo de oficina. No puedo estar todo el día metida en el mismo sitio. Me agobio en el apartamento. Desesperada por escapar del aburrimiento de mi primer día, agarro el bolso y salgo por la puerta sin pensármelo dos veces. No sé dónde voy, pero cualquier cosa es mejor que estar aquí.

Ahora entiendo por qué a Montana le gusta correr. Cuando salgo a toda prisa a la calle siento el viento alborotándome el cabello. Cruzo la calle para ir al parque que está al otro lado y me siento en un banco, permitiendo que el aire frío me llene los pulmones. Y me doy cuenta de lo que quiero. Quiero progresar. Quiero demostrar que avanzo en mi carrera profesional y en la vida. Ahora mismo, dejar un trabajo de oficina y empezar algo nuevo por lo que me pagan menos parece un paso atrás, pero con tanto tiempo para mí misma y para pensar, es imposible no darle vueltas a todo. Ahora estoy atrapada en un círculo de dudas respecto a mí misma, preguntándome cuándo sabré por fin qué hacer con mi vida.

El teléfono me vibra en el bolsillo. Frunzo el ceño. Normalmente nadie me llama durante el día. Llego a la conclusión de que debe ser mi madre y la ignoro, pero unos instantes después vuelve a sonar el móvil. Suspiro, lo saco del bolsillo y miro la pantalla. Se me congela el corazón.

Es William.

¿Qué diablos quiere? El pulso se me acelera muchísimo. Le dejé muy claro que ya no trabajo para él.

¿Va a intentar convencerme para que vuelva? ¿Va a intentar vengarse? Ni lo sé ni me importa. No quiero hablar con él. Pero el teléfono sigue sonando, y cuanto más suena, más se me acelera el corazón y más quiero contestar. Quiero escuchar lo que tiene que decirme este idiota.

Finalmente me rindo y contesto. Para mi sorpresa, escucho un llanto al fondo. Frunzo el ceño.

–¿India? Por fin. Llevo un siglo llamado. ¿Por qué no contestabas?

–Hola a usted también, señor Walker. Considérate afortunado. Estaba pensando en ignorar la llamada.

William aspira con fuerza el aire, intentando claramente recomponerse. Sonrío. Me alegra poder darle guerra. Supongo que porque él me la da también a mí.

–Mira, siento molestarte –dice–. No lo haría si no fuera urgente. Pero necesito que vuelvas a trabajar para mí.

Me río sorprendida.

–¿Me tomas el pelo? Creía haberlo dejado muy claro el viernes.

–Soy muy consciente de la conversación que tuvimos la semana pasada, pero ahora mismo me veo atrapado en cierta situación.

–Sí, ya lo oigo. ¿Qué son esos sollozos de fondo?

–No estoy en la oficina. Voy a cuidar de mi sobrina durante las dos próximas semanas. Ha sido algo de última hora que no entraba en mis planes. Es… bueno, es una pesadilla.

Sonrío pensando que me resulta tierno que está cuidando de su sobrina. Aunque no tanto cuando el llanto se hace más fuerte. No me sorprende que a William no se le den bien los niños. No es precisamente un hombre cálido y acogedor. Me imagino que la pobre niña le habrá mirado una vez y desde entonces no ha podido dejar de llorar.

–Mira, no entiendo qué esperas que haga yo por ti. No soy niñera.

–Ya lo sé. Te estoy pidiendo que vuelvas a trabajar conmigo de asistente. Estoy trabajando desde casa, pero entre cuidar del bebé, intentar dormir y tratar de ponerme al día con tu trabajo de asistente… bueno, no hay suficientes horas al día. No puedo enseñar a alguien temporal ahora mismo, y tú conoces todos los detalles del trabajo al dedillo.

Entonces, ¿me estás diciendo que quieres que vuelva a hacer el trabajo por el que me despediste?

–Sí, eso es lo que te estoy pidiendo –afirma con voz baja, casi implorante.

–Bueno, pues lo siento, pero tendrás que buscar a otra persona. Ahora tengo un nuevo trabajo.

–Ah, sí, de redactora *freelance*, según LinkedIn. Apuesto a que no te pagan tanto como yo.

Me cruzo de brazos e intento que la irritación no se me note en el tono de voz.

–Sí, bueno. Algunos sacrificios sí valen la pena.

–Seguro que sí. Pero podrías seguir con tu trabajo. Soy consciente de que ser mi ayudante puede resultar exigente pero trabajaríamos desde mi casa en lugar de en la oficina, y me aseguraría de tuvieras tiempo libre. Además, con el aumento de sueldo que te ofrezco… creo que podrías considerarlo.

Me muerdo el labio inferior.

–¿De qué aumento estamos hablando?

–El doble de lo que cobras ahora. Y los gastos de transporte al trabajo, porque vivo en Gold Coast. De hecho estoy pensando que te enviaré un coche por las mañanas.

Por supuesto, Gold Coast, donde están todas las mansiones. Tengo que reconocer que el aumento es tentador. Dos semanas de paga doble trabajando para William aparte del dinero de mis encargos como *freelance*… eso sería una bendición para cualquiera. No tiene ninguna desventaja, excepto, por supuesto, pasar dos semanas con mi exjefe de pesadilla y un bebé que no para de llorar.

Pero, ¿realmente puedo permitirme rechazarlo? Sé lo que Montana diría, que ninguna cantidad de dinero puede pagar la infelicidad. Que es mejor andar corta de efectivo que permitir que un hombre manipulador te controle. Pero no puedo evitar sentirme tentada. William Walker ha supuesto siempre una tentación para mí a pesar de mi resistencia. Maldición. Aspiro con fuerza el aire.

–De acuerdo. Lo haré.

William deja escapar un suspiro de alivio.

–Gracias, India. No sabes cuánto…

–Pero quiero el triple de mi paga habitual.

–¿Cómo?

Sonrío para mis adentros.

–Bueno, ni que no te lo pudieras permitir, míster multimillonario.

Durante un segundo tengo la sensación de que he ido demasiado lejos. Contengo el aliento hasta que él responde.

–De acuerdo –dice en voz baja.

Está claro que no le hace gracia, y de pronto me doy cuenta de lo que desesperado que debe estar. Supongo que dirigir una empresa multimillonaria y cuidar de un bebé es una tarea ardua.

–Mañana por la mañana te enviaré un coche, India. A las siete y media. Mi chófer te llevará de regreso a casa a la hora habitual. Puedes vestirte de manera más informal, pero mantendremos el mismo nivel de profesionalidad que en la oficina.

–¿Eso significa que me estarás gritando todo el rato mientras intento sacar adelante el trabajo?

Me pregunto por segunda vez si no habré ido demasiado lejos. Se hace un silencio al otro lado de la línea. Pero tras unos segundos escucho una risa entre dientes.

–Muy bien, India. Voy a dejar pasar esta. Te veo mañana.

Cuelga sin despedirse. Vuelvo a guardar el móvil en el bolsillo y dejo escapar el aire que llevo un rato reteniendo. La llamada me ha dejado encantada por alguna razón. Tal vez sea porque me he salido con la mía y he puesto las cosas a mi favor… o porque he estado hablando con William.

Cuando Montana vuelve a casa estoy completamente preparada para decirle que voy a volver a trabajar para William Walker. Percibe algo en cuanto me ve sentada en la barra de la cocina con una sonrisa en la cara y una taza de té preparada para ella. La agarra con mirada recelosa.

–Creo que me estás preparando para algo. ¿Qué has hecho?

Yo me río nerviosa.

–Bueno, he hecho algo un poco raro. Voy a volver a trabajar para William Walker.

Montana deja la taza sobre la mesa con un golpe seco.

–¿Qué? ¿Estás loca? ¿Acabas de escaparte de él y ya te estás arrastrando para volver?

–Deja que te explique…

–Sí, más te vale tener una buena explicación, India.

–Lo tengo comiendo en la palma de mi mano. Tiene un buen lío porque tiene que cuidar de su sobrina mientras intenta llevar la empresa desde casa. No puede hacerlo sin asistente, y no le da tiempo a encontrar a alguien nuevo. He negociado… y me va a pagar *tres veces* mi sueldo. Piénsalo, Montana. Imagina todo lo que puedo hacer con tanto dinero.

Montana sacude la cabeza.

–Olvídate del dinero. No puedo creer que hayas vuelto con él. ¡Si te va fenomenal escribiendo!

–Me ha dicho que puedo seguir con eso. Más ingresos todavía. Ser su asistente es algo que puedo hacer casi en automático. Y esto me ayudará a llenar las horas del día, y a salir de casa… porque me está matando estar aquí metida todo el día. Y además ganaré una fortuna. Sé que no es la situación ideal porque lo voy a tener cerca, pero también es una oportunidad que no puedo dejar pasar.

Montana sacude otra vez la cabeza.

–Sí, está claro que eso es genial. Pero, ¿qué hay de tu orgullo? ¿Quieres ser esa clase de mujer que haría cualquier cosa que le pidiera un mal jefe como él?

Yo niego con la cabeza.

–No es una cuestión de orgullo, Montana. Ni tampoco se trata del dinero. Lo veo como un progreso. Tal vez pueda por fin ahorrar, hacer un viaje, terminar mi novela y seguir adelante con mi vida. Y lo único que me cuesta es dos semanas de mi vida. Dos semanas de mala compañía, tal vez, pero, ¿quién sabe? Tal vez William y yo resolvamos nuestras diferencias y nos separemos en buenos términos. ¿No puedes intentar al menos alegrarte por mí?

Montana parece preocupada.

—Lo estoy intentando, pero no me resulta fácil. Sabes que solo quiero lo mejor para ti, ¿verdad?

Le doy un codazo suave en el hombro.

—Por supuesto que lo sé. Y te lo agradezco Pero puedo cuidar de mí misma. Mejor de lo que crees. No necesitas estar pendiente de mí todo el rato. Eh, y tal vez cuando esto acabe podamos hacer ese viaje de chicas del que siempre hablamos. Sol, playa, cócteles... ¿Qué te parece?

Montana sonríe.

—Bueno, eso hace que la idea resulta más atractiva. Entonces, ¿empiezas mañana?

—Sí.

Mi amiga sacude una vez más la cabeza y le da un sorbo a su taza de té.

—De acuerdo, pero me tienes que prometer una cosa —murmura mirándome a los ojos—. Si te lo hace pasar mal, prométeme que tú se lo harás pasar peor.

Yo sonrío.

—Siempre.

Capítulo Ocho

William

Una noche sin dormir puede provocar cosas malas en una persona. Eso es algo que he descubierto hoy. Anoche me dormí a las diez de la noche y media hora más tarde me despertaron los gritos de Rosie. Primero tenía hambre. Luego manchó el pañal. Luego le molestaban los dientes y me pase una hora supervisando mientras mordía el anillo.

Siento como si hubiera envejecido veinte años en las últimas veinte horas. Ahora que la mañana está aquí, sé que tengo que levantarme y trabajar. Al menos Rosie está durmiendo ahora mismo. Mi chófer ya ha salido a recoger a India. Esa es otra cosa. Parece que el mismísimo diablo hubiera planeado las siguientes dos semanas. No puedo creer que vaya a pasarlas con India. Ha manipulado descaradamente la situación a su favor. ¿Tres veces su sueldo habitual? Ridículo. Por supuesto que me lo puedo permitir, pero es una cuestión de principios. Es una buena ayudante, pero no es para tanto… y sin embargo, no tengo más opciones, así que supongo que todo lo que quiera lo tendrá a partir de ahora. No me gusta la idea de que India tenga tanto poder sobre mí. Es una mujer inteligente y me da la impresión de que va a aprovecharse al máximo.

Sabe que no puedo negarme a sus exigencias o saldrá directamente por la puerta.

Suena la puerta y Rosie empieza a llorar al instante. Suspiro. Debería poner una nota para que la gente llamara suavemente con los nudillos en lugar de usar el timbre. Me levanto cansadamente del sofá para abrir a India. Hoy está espectacular. Se ha recogido los rizos en una cola de caballo, lleva unas gafas de pasta clara y su mejor traje. Tardo un instante en darme cuenta de que se está burlando de mí al aparecer con atuendo de oficina y gafas falsas para cumplir con el papel aunque vaya a trabajar desde mi casa. Se recoloca las gafas en el puente de la nariz y me mira de arriba abajo.

—¿Qué fue de la profesionalidad? ¿Hoy no llevas traje? —me pregunta.

Miro hacia abajo. Solo llevo puesta una camiseta y unos bóxer. Supongo que estoy tan cansado que a mi mente no se le ocurrió que había que vestirse. Tampoco me he peinado ni me he lavado los dientes. India sonríe burlona y pasa por delante de mí. Lleva un maletín nuevo para completar el atuendo.

—Vamos a terminar con esto, ¿te parece? —dice—. Y por favor, ponte unos pantalones. Ese atuendo es completamente inapropiado para un lugar de trabajo.

Ya está intentando hundirme. Genial, justo lo que necesitaba. Me muerdo el carrillo por dentro para contenerme y no decir nada. No quiero caer en sus juegos.

—Ven a mi despacho. Te he instalado un teléfono y una estación de trabajo.

—Qué suerte la mía —murmura ella dirigiéndome una sonrisa falsa.

La guío por el salón hacia las escaleras. Me doy

cuenta de que ella va muy despacio. Al principio creo que lo está haciendo para fastidiarme, pero luego la pillo mirando a su alrededor maravillada. Parece como si fuera a comentar algo sobre las obras de arte de las paredes, las caras alfombras y la lámpara de araña de cristal del vestíbulo, pero no dice nada. Sin embargo, veo en sus ojos que está maravillada. Eso provoca algo en mí. El deseo de querer impresionarla más.

«No seas ridículo».

Llegamos al rellano en el que está mi despacho. Le señalo la dirección.

–Tengo que ir a atender a Rosie. Instálate tranquilamente, estaré ahí enseguida.

India asiente distraídamente, sigue mirando a su alrededor. La dejó ahí y voy a buscar a Rosie. Me la encuentro con la cara roja y las lágrimas resbalándole por las mejillas. Tiene las facciones distorsionadas y parece que sufre. La tomo en brazos, me la acerco al pecho y trato de calmarla, pero se niega a recibir consuelo alguno.

Recorro la habitación arriba y abajo frotándole la espalda mientras ella me llora al oído. Sus gritos me despiertan un poco, pero también me provocan dolor de cabeza. No sé cuánto tiempo llevo en la habitación, pero debe ser bastante porque India aparece de pronto en el umbral intentando decirme algo.

–No te oigo –le grito por encima de los sollozos de Rosie.

India suspira y se acerca un poco más.

–Tengo a dos clientes en espera –me dice casi al oído.

Su aliento me pone la carne de gallina y tengo que

hacer un esfuerzo para no temblar. India da un respingo cuando Rosi suelta un grito infrahumano.

–¿Seguro que tienes esto bajo control?

–No se calla. No hay manera de calmarla.

India vuelve a suspirar.

–Déjame intentarlo –dice estirando los brazos hacia la niña.

Me muestro un poco reacio a pasarle a Rosie. Después de todo, es mi sobrina. Yo debería ser capaz de tenerla contenta sin necesidad de pasársela a mi ayudante. Pero llegados a este punto estoy dispuesto a hacer lo que sea para que se calle.

El rostro de India tiene una expresión dulce y amable que no le había visto con anterioridad. Normalmente es más dura, como si estuviera constantemente preparada para una pelea. Supongo que soy yo quien le saco esa parte.

Ahora estrecha a Rosie entre sus brazos y empieza a canturrear una melodía. Parece que funciona y consigue calmar a la niña. India se sienta en un extremo de mi cama y la acuna. En cuestión de minutos, Rosie se calla. Yo me quedo mirando a India con asombro.

–¿Cómo diablos lo ha hecho?

Ella alza la mirada y sonríe.

–Mi madre siempre me ha dicho que yo era difícil de manejar cuando era niña.

–Y lo sigues siendo –murmuro yo.

–Me contó que el truco que aprendió fue mantener siempre la calma –continuó India sin reaccionar a mi comentario–. Así era como ponía fin a mis rabietas.

Rosie se queda dormida e India la deja suavemente en la cuna.

51

–Bueno, pues esto ya está –se incorpora con una sonrisa triunfal. Todavía tiene esa expresión dulce–. No deberías hacer esperar a tus clientes.

Parpadeó. Me había olvidado completamente del trabajo.

–Sí. Claro, por supuesto.

India ladea la cabeza. Por una vez no parece que vaya a bombardearme con algún comentario sagaz. Parece incluso un poco preocupada.

–No tienes buen aspecto, jefe. ¿Necesitas algo? ¿Comida? ¿Cafeína?

Dejo caer un poco los hombros hacia delante.

–Cafeína. Más que nada en el mundo.

–De acuerdo. Vamos a instalarnos y luego me ocuparé de ti.

India enfila por el pasillo y no tengo más opción que seguirla.

–¿Está bien el despacho? –le pregunto torpemente.

No me gusta el silencio entre nosotros. Estoy acostumbrado a que haya una pared de cristal de por medio, y siempre me he sentido seguro así. No hacía falta hablar de cosas banales. Ahora estamos obligados a estar juntos nos guste o no.

India resopla al escuchar mi pregunta.

–¿Estás de broma? Es más grande que mi apartamento. Claro que está bien.

Contengo una sonrisa. Y yo que pensé que iba a hacer esto fácil. ¿No se da cuenta de que odio esta situación tanto como ella?

–No estaría mal que dejaras de intentar buscarme las cosquillas todo el rato.

India se me queda mirando unos segundos. Parece sorprendida.

–Oh, Dios mío. Me culpas a mí –sacude la cabeza. No queda ni rastro de humor en su cara–. Eres tú quien nos ha metido en este círculo vicioso –afirma apuntándome con un dedo–. Tengo derecho a defenderme. Si quieres que cambie de actitud, cambia primero la tuya. Durante más de dos minutos, claro.

Se da la vuelta y se dirige hacia el despacho. Maldición, esta mujer puede llegar a ser muy insolente. Alzo las manos en gesto de desesperación.

–¿No merezco una segunda oportunidad?

India resopla.

–Estoy aquí, ¿no? –es lo único que dice.

La veo entrar en el despacho con aire de ser la dueña del lugar. Yo intento mantener la calma. Las siguientes dos semanas son para demostrar mi valía. Voy a demostrar que puedo ser un buen tío, y voy a demostrar mi dedicación al trabajo. Pero tal vez tenga una tarea extra entre manos: demostrar que no soy un jefe tan horrible como ella piensa.

Sigo a India al interior del despacho. Me la encuentro sentada en el escritorio que he preparado para ella. Tiene el teléfono en la mano y está respondiendo con ese tono monocorde que utiliza en las llamadas de trabajo. Me sonríe cuando entro, se nota que está encantada de tener la sartén por el mango en esta situación porque necesito desesperadamente su ayuda. Quiere romper todas las normas para romperme a mí también. Pues bien, no le voy a dar esa satisfacción.

–Sí, señor. Espere un momento, por favor. El señor Walker va un poco retrasado hoy, pero enseguida estará con usted –dice India lanzándome una sonrisa malévola.

Yo intento mantener la calma mientras ella aprieta el botón de espera del teléfono. India gira en la silla como si fuera una niña.

–Gracias por invitarme a volver a ser tu asistente –dice con tono alegre–. Me estoy divirtiendo mucho.

Yo sonrío también.

–Seguro que al final acabaremos siendo buenos amigos –digo.

No tiene por qué saber que estoy mintiendo.

Capítulo Nueve

India

Estar molestando a William todo el día es bastante cansado. Nos acercamos a mediodía y hasta el momento lo único que he conseguido es que se le abran ligeramente las fosas nasales tras una broma un poco cruel a sus expensas. Aparte de eso, he tenido un bombardeo de trabajo y llamadas de teléfono mientras intentaba compaginar la agenda de William con los artículos que tengo que escribir para el otro trabajo.

Siento que necesito un descanso. Miro el reloj y me doy cuenta de que es la hora de comer. Abro el maletín para buscar las sobras de pasta que normalmente me llevo al trabajo de comida. Pero el maletín está vacío. Se me ha olvidado meter la comida. Suspiro desesperada y decido seguir trabajando, pero mi estómago ruge en protesta y no me puedo concentrar en nada más.

William se estira y se levanta con un gruñido. Parece cansado.

–Supongo que debería ir a ver a Rosie –murmura para sí mismo antes de mirarme de reojo–. Puedes tomarte un descanso para comer, ya lo sabes. ¿Has traído algo?

Aspiro con fuerza el aire.

–Se me he olvidado la comida.

–Voy a preparar algo para mí. Si quieres podemos compartirlo.

Yo levanto una ceja.

–¿Vas a cocinar?

William se sonroja.

–Bueno, yo no diría tanto… iba a hacer queso a la plancha.

Esbozo una media sonrisa. No me sorprende que no cocine, siempre he pensado que William Walker tendría un chef que le preparaba la comida. Apuesto a que cuando está solo lleva una dieta a base de sándwiches y platos preparados de microondas. Pero ahora mismo el queso a la plancha suena bien.

–Si no es mucho problema…

William pone los ojos en blanco mientras se dirige a la puerta.

–¿Problema? Es queso a la plancha.

Estoy a punto de responder con alguna ironía inteligente, pero me contengo. Después de todo, por fin está haciendo algo amable por mí. Le sigo al dormitorio y me quedo en el umbral mientras él le echa un vistazo a Rosie, que está dormida y tiene un aspecto adorable.

William baja la voz y le dice algo en un tono dulce. Me gusta cómo es con ella. A pesar de su incapacidad para calmarla antes, estoy segura de que sería un buen padre. No se le dan bien ninguna de las demás formas de interacción social, pero ser padre le pega sin duda. Parece… humano cuando está con la niña. Más accesible.

De pronto me doy cuenta de que estoy en el dormitorio de mi jefe. Es una sensación extraña. Miro a mi alrededor en busca de alguna señal de su personalidad en la decoración, pero la habitación está bastante desnuda. Me apunto mentalmente echar un vistazo al resto de la casa. Quiero encontrar algo que me dé una idea de cómo es William más allá del trabajo. Hasta el momento solo he tenido destellos del hombre que podría ser. Quiero ver la imagen completa antes de decidir hasta qué punto puedo bajar la guardia. Porque ahora mismo mi guardia quiere derrumbarse por completo, y eso me preocupa.

William le da un beso a Rosie en la frente y se gira hacia mí.

—Vale. La operación comida está en marcha.

Le sigo escaleras abajo tratando de actuar con normalidad en una mansión tan imponente. Me guía hacia la cocina, una estancia prístina que está claro que no se usa mucho. Me siento frente a la barra de desayuno de mármol mientras William rebusca en la nevera.

—Antes cocinaba mucho —dice—. Pero ya no tengo tiempo. Normalmente cuando vuelvo a casa de la oficina tengo que seguir trabajando hasta la hora de acostarme.

—Pero eso es un poco… triste. ¿Nunca haces nada en tu tiempo libre?

William frunce el ceño sin mirarme mientras corta el queso para los sándwiches.

—Normalmente voy a visitar a mi padre los domingos. Hablamos de negocios, bebemos un poco de whisky y comemos. Pero no me resulta demasiado relajante.

—Bueno, es que hablar de negocios no cuenta como tiempo de relax. ¿Qué esperas?

William se encoge de hombros.

–Yo no espero nada. Son los demás lo que esperan mucho de mí.

Al principio no entiendo lo que quiere decir. Luego caigo. Nunca tiene tiempo para él porque está demasiado ocupado cumpliendo las expectativas de los demás. Lo observo minuciosamente. Es el típico adicto al trabajo, obstinado, estresado y comprometido. No puede quedarse quieto. Esa parte la entiendo, porque yo soy igual Pero hay algo más. ¿Lo hace todo para sentirse mejor o para demostrarle algo a alguien, para demostrar que puede ser el mejor de los mejores independientemente de lo que la vida le traiga? No estoy segura.

–Bueno, desde mi punto de vista lo estás haciendo más que bien.

William se ríe entre dientes. Se le ha puesto el cuello rojo de pronto.

–Vaya. Te lo agradezco –se aclara la garganta. Me doy cuenta de que está intentando darme conversación, aunque yo estoy ahora mismo muy cómoda. Me está gustando conocerlo. Vuelvo a pensar que tiene que haber una razón para que un hombre tan guapo como él no pueda conservar a una mujer a su lado.

–¿Y qué tal va el nuevo trabajo? –me pregunta–. ¿Es mejor que trabajar para mí?

–¿Eso es una broma? –¿William Walker haciendo bromas?

Me mira con timidez. Yo sonrío sin poder evitarlo.

–Supongo que se puede decir que sí. Pero también quiero saber la respuesta.

Yo suspiro y pongo los codos en la barra para poder apoyar la barbilla en las manos.

–Me gusta. Creo que se me da bien. Pero todavía no me he acostumbrado. Se me hace raro trabajar todo el día sola. Me vuelve un poco loca.

Parpadeo varias veces. ¿Por qué le estoy contando esto nada menos que a William? Él no necesita ni quiere saber cómo me va el trabajo. Solo está hablando por hablar. Me encojo de hombros y sonrió incómoda.

–Entonces, ¿escribes artículos para un blog? –continúa él frunciendo el ceño.

Yo me cruzo de brazos en gesto defensivo.

–Sí, se puede decir que sí. ¿Importa eso?

Él sacude con fuerza la cabeza.

–No, en absoluto. Es solo que… bueno, creo que podrías hacer algo mejor teniendo en cuenta tus … habilidades.

–¿Qué quieres decir?

William alza las manos en gesto de desesperación.

–Mira, no sé. Solo creo que en algún momento te va a pasar algo mejor. Eres una mujer inteligente. Eso lo tengo claro.

Otro halago por su parte. ¿Está tratando de compensarme por todas las cosas del pasado? Bajo la vista cuando él coloca el pan con queso en la parrilla y me mira. Me pregunto cuál es el juego. ¿Está siendo amable conmigo por las razones adecuadas o está intentando conseguir algo de mí como de costumbre?

William me sorprende tomando asiento a mi lado en la barra. Me doy cuenta de que huele bien. Demasiado bien.

–Espero que no te haya ofendido lo que te he dicho –continúa evitando el contacto visual conmigo–. Solo quería que hicieras lo que es bueno para ti.

–Bueno, todo el mundo tiene que empezar por algún lado, ¿no? No todos tenemos un padre rico que puede ayudarnos a montar un negocio.

William me mira de soslayo.

–Eh, yo he trabajado muy duro para llegar donde estoy ahora. Lo he hecho yo solo, sin el dinero de mi padre.

–Sí, pero sin la familia que tienes no estarías aquí ahora –levanto las manos en gesto defensivo–. No estoy tratando de hacerte de menos, solo digo lo que hay.

Me doy cuenta de que esta conversación está molestando a William. Por una vez no era mi intención, solo quiero que lo vea desde mi punto de vista. Pero el rostro se le pone cada vez más rojo, así que sé que está irritado y quiere discutirme el punto. Pero debo decir en su favor que conserva la calma.

Sonrío para mis adentros. Ahora entiendo su juego. Está intentando demostrar que puede contenerse y ser el jefe perfecto. Pero mi desconfianza está muy arraigada y sé que un cambio completo de carácter es demasiado pedir. William mantiene la mirada en la mesa, pero está claro que quiere decir algo. Ladeo la cabeza, invitándole a hablar. Él traga saliva, y las siguientes palabras que pronuncia son un auténtico impacto para mí.

–Solo quiero decir que… siento haberte tratado mal en la oficina –hace una pausa para aclararse la garganta–. Sé que soy un hombre difícil. Sé que tú siempre has hecho todo lo mejor posible. Pero nunca me paro a pensar antes de hablar. Mi padre me educó para ser siempre sincero, y muchas veces, con el estrés de la oficina, me veo consumido por esta… rabia horrible y el cansancio y me dejo llevar sin pensar en las consecuencias. Siento que hayas tenido que sufrirlo todos los días. Estoy intentando mejorar, pero me alegro de que aunque tu trabajo como redactora sea algo solitario tengas un empleo que te llene.

Creo que nunca he escuchado a William decir tantas cosas de una sola tacada. Estoy acostumbrada a sus frases cortas y tajantes en las que siempre me insulta de una manera u otra. Ahora se ha abierto como un libro y ha puesto todas sus inseguridades sobre la mesa, y yo no sé qué responder.

–Te portaste muy mal –susurro sin poder contenerme.

William abre los ojos de par en par. Está tan asombrado como yo. Y de pronto su rostro se ilumina con una enorme sonrisa y se empieza a reír.

–Al menos eres sincera –dice cuando deja de reírse.

Yo esbozo una sonrisa y siento de pronto que podemos bromear entre nosotros. Supongo que al menos no tengo nada que perder. William me necesita. ¿Por qué no iba a decir lo que pienso?

–Pues claro que lo soy. Creo que necesitas oírlo.

La sonrisa de William se quiebra un poco.

–Yo también lo creo. Gracias.

Nos sonreímos con torpeza durante unos instantes. Él me mira profundamente a los ojos. El corazón me empieza a latir con fuerza cuando sus ojos se detienen brevemente, muy brevemente, en mis labios.

–Hay algo más, India –dice volviendo a mirarme a los ojos–. La razón por la que he sido más duro contigo que…

Suena el reloj del horno y nuestra atención se centra el él. El momento ha pasado. William se levanta para echar un vistazo a los sándwiches y yo aspiro con fuerza el aire.

¿Qué iba a decir? ¿Y realmente quiero saberlo?

Estar cerca de William me pone nerviosa. Me hace sentir como si siempre hubiera una razón para estar así aunque no diga ni haga nada. Tengo una tensión en los hombros que no desaparecerá hasta que vuelva a casa hoy, pero ahora que nos llevamos un poco mejor bajo un poco la guardia.

Unos instantes más tarde tengo delante un plato con un olor tentador. El queso todavía burbujea por el calor, el pan está perfectamente tostado y mi estómago hace un ruido fuerte. William me sonríe. ¿Me acostumbraré alguna vez a este tipo de cortesías por su parte?

—¿Tienes hambre?

—Mucha.

—Cómetelo ahora que está caliente.

No me lo tiene que decir dos veces. Agarro el sándwich y me quemo un poco los dedos. No espero a que se enfríe y me lo meto en la boca. Casi gimo de placer aunque me he abrasado la lengua.

—¿Verdad que todo sabe mejor cuando uno tiene hambre? —pregunto con la boca llena.

William se sienta y agarra su sándwich.

—¿Estás diciendo que si no tuvieras hambre mi cocina no sería de tu agrado?

Yo pongo los ojos en blanco y sonrío.

—Sin duda seguiría siendo el mejor sándwich de queso a la plancha que he probado en mi vida.

—Vaya, gracias —William hace una breve pausa—.

Quizá debería volver a cocinar. A mi ex le gustaba que cocinara para ella.

Parpadeó sorprendida. Por algún motivo me parece imposible imaginarme a William en una relación.

–¿Y qué le cocinabas?

–De todo. Le gustaba mucho comer y probar platos extranjeros. Su favorita era la comida tailandesa –hace una pausa y se mira las manos–. Supongo que cuando llevábamos un tiempo juntos me volví vago. Cuando el negocio despegó de verdad tenía menos tiempo y dejé de hacer cosas agradables por ella. Típico, ¿verdad?

Sí, es lo típico de los adictos al trabajo. Pero ahora mismo parece tan triste que no quiero empeorar la situación. Después de todo, hoy ha hecho un gran esfuerzo. Tal vez yo debería hacer lo mismo. Aspiro con fuerza el aire y trato de encontrar una manera de distraerlo.

–Si te hace sentir mejor, mi ex me dejó porque le intoxiqué con la comida.

William levanta un poco las cejas.

–¿En serio? No me parece una razón para dejar a alguien para siempre.

–Tal vez no. Pero… sucedió como tres veces. Soy una cocinera espantosa. Cada vez que le hacía la cena se pasaba la noche agachado en la taza del inodoro.

William se ríe.

–Vaya, parece que eres una novia de ensueño.

Por alguna razón, el comentario me hace sonrojar. William también parece un poco sonrojado. Hemos pasado de ser enemigos a bromear respecto a las relaciones. ¿Estamos coqueteando? Y lo que es peor, ¿estoy yo animando a mi jefe a coquetear conmigo?

Toso intencionadamente y luego me meto el resto del sándwich en la boca.

—Estaba delicioso —murmuro masticando y tragando rápido. Ahora que las cosas se han vuelto un poco incómodas, lo único que quiero es salir de aquí—. Creo que debería volver al trabajo.

William frunce el ceño.

—Todavía te queda media hora…

—No pasa nada. Tengo ganas de trabajar. Te veo en el despacho.

Nunca he visto a William tan confundido. Se pasa la mano por el pelo.

—Eh… vale. Te veo enseguida.

Salgo de la cocina a toda prisa. ¿Qué me pasa? ¿Por fin nos llevamos bien y de repente no soy capaz de manejar un poco de charleta? Y entonces me doy cuenta de lo que ha pasado. Entiendo por qué no puedo quedarme.

Porque me está empezando a gustar estar con él.

Capítulo Diez

William

Este día ha sido como una montaña rusa, y me quedo corto. Pasar un rato con India en el espacio íntimo de mi casa me ha vuelto la cabeza del revés.

Primero se pone a hacer bromas y un minuto después se muestra completamente gélida. Me pregunto si este tratamiento de frío–calor es culpa mía. Supongo que la mayor parte del tiempo yo fui frío con ella. Porque no quería sentir exactamente lo contrario con ella. Y ahora estoy probando mi propia medicina.

Se ha marchado hace una hora sin despedirse bien. Mi chófer la ha llevado a casa. Ahora supongo que estará sentada en su apartamento contándole a su compañera de piso que soy una pesadilla. Bueno, al menos hoy lo he intentado. Al menos he hecho un esfuerzo por cambiar. Y lo único que ha hecho ella ha sido rechazar todos mis esfuerzos.

No me importa. Sinceramente.

Escucho a Rosie, que empieza a revolverse en la cuna. Suspiro cansado. Estoy en ese nivel de agotamiento en el que se me nubla la visión y nada me parece real. Pero cuando el llanto de Rosie se intensifica, revivo un poco y voy a atenderla. Lamentablemente, tengo la sensación de que va a ser otra noche larga.

Rosie está pegando patadas al aire, tiene el rostro sonrojado y grita pidiendo atención. La tomo en brazos y la acuno suavemente. Intento seguir el consejo de India y mantener la calma con la esperanza de tranquilizarla, pero parece que no es suficiente. O a lo mejor estoy haciendo algo mal.

Todo esto es un desastre. ¿Por qué pensé que sería una buena idea que India volviera a trabajar conmigo? Tampoco tenía muchas más opciones, pero ahora que hemos pasado nuestro primer día juntos, está claro que es una mujer difícil de manejar. Siempre me causa problemas. Me aprieta las clavijas.

Me digo a mí mismo que no la quiero tener cerca. Entonces, ¿por qué estoy ahora deseando que vuelva? Me he abierto a ella. Le he contado cosas que no le había dicho a nadie. Supongo que cuando te guardas las cosas dentro tanto tiempo necesitas darles salidas, pero, ¿contárselo precisamente a ella? Cuanto más pienso en ello, peor idea me parece. En primer lugar, es mi empleada. En segundo lugar, es una lianta. Y en tercer lugar, más me vale recordar que no somos amigos. A partir de ahora mantendré un trato profesional. Pero seguramente eso no impedirá que siga pensando en ella.

Salgo de mis pensamientos y me doy cuenta de que Rosie se ha calmado. Está adormilada en mis brazos. Suspiro aliviado. Ojalá fuera siempre tan sencillo que se durmiera.

La vuelvo a dejar con delicadeza en la cuna y no se despierta. Me pregunto si por fin podré dormir un poco yo, pero cuando me dirijo al baño para lavarme los dientes suena el móvil.

Suspiro. Solo puede tratarse de una persona. Saco el móvil y atiendo la llamada. Salta el vídeo en la pantalla.

–Hola, Kit.

–¡Hermano! –exclama él con una enorme sonrisa. Está en una habitación luminosa y se escucha música de fondo–, Resulta que la hermana de Alex se ha roto la muñeca. Ha salido del hospital y está en casa relajada, así que Alex y yo estamos por fin de luna de miel. Te llamo desde el hotel. Pareces destrozado.

Trato de esbozar una sonrisa.

–No, estoy bien. Solo cansado, ha sido un día muy largo.

–¿Sí? ¿Has conseguido encajar tu horario de trabajo con nuestra princesa?

–Más o menos. Ahora está dormida, la acabo de meter en la cama.

–Vaya, eres el canguro soñado. Pero tengo que confesarte que tiene tendencia a despertarse a las tres de la mañana y montar un escándalo.

Yo asiento distraídamente con la cabeza.

–Sí, vale. Me las apañaré.

Kit alza las cejas.

–¿Estás bien, hermano? ¿Qué te pasa por la cabeza?

Yo me encojo de hombros.

–Bueno, ha sido un día un poco raro. Mi asistente y yo… bueno, normalmente no solemos pasar tanto tiempo juntos.

–Déjame adivinar –Kit sonríe–. Has pasado un poco más de tiempo en su compañía y empiezas a pensar que hay algo de química ahí.

El corazón se me congela. ¿Tan obvio es? Kit se ríe de mi expresión.

—Amigo, olvidas que yo he pasado por lo mismo. Cuando Alex y yo empezamos a pasar tiempo juntos había señales mezcladas por todas partes. Es lo natural. Los dos sois personas atractivas. No tiene por qué significar nada.

Pero, ¿y si yo quiero que signifique algo?, me pregunto para mis adentros. ¿Y si lo que he sentido hoy, esta loca necesidad de estar cerca de ella, es una reacción química a su presencia? ¿Y si ha pasado tanto tiempo que he olvidado lo que se siente al estar interesado en alguien? ¿Y si estoy cansado de ignorar la atracción y la curiosidad que siento por ella?

Me froto los ojos. Solo estoy agotado. Esto es ridículo.

—No está pasando nada. Solo ha sido un día largo.

—Vale. Oye, voy a colgar. Dale un beso a Rosie de nuestra parte, y si hay algún problema llámanos sin dudarlo, ¿de acuerdo?

—Sí, sí. Por supuesto. Buenas noches. Voy a…

La llamada se corta antes de que termine de hablar. Me quedo rodeado de silencio. Ni siquiera se escucha a Rosie. Suspiro, voy al baño y me cepillo los dientes. Siento como si estuviera en trance. Y en lo único que puedo pensar es en India Crowley.

Todo esto es ridículo. Tengo que superarlo. Abro la ducha, me quito la ropa y me pongo bajo el torrente de agua. Dejo que me resbale por la cara y mis pensamientos se disparan. Pienso en cómo frunce el labio cuando está a punto de decir algo atrevido. Pienso en cómo se le marca la clavícula bajo la blusa. En cómo se agacha para recoger del suelo el bolígrafo que se le ha caído. Pequeñas cosas que he estado viendo todo este tiempo pero a las que nunca me he atrevido a prestar atención.

Me la imagino ahora en la ducha conmigo, con el pelo mojado por el agua, los senos cubiertos de jabón… me detengo. El torrente de agua en el cráneo me devuelve de golpe a la realidad. Debería sentirme mal por fantasear con mi asistente, pero no es así, lo que resulta todavía más perturbador.

¿Qué diablos me está haciendo India?

Capítulo Once

India

Al llegar a casa del trabajo siento como si todo hubiera cambiado. Es más tarde de lo normal, pero no me importa demasiado. El trayecto en coche me ha dado tiempo para pensar las cosas. Para contemplar por qué William me ha puesto en semejante estado. He pasado las últimas horas sintiendo que me faltaba al aliento, tenía el corazón acelerado y me sudaban las manos. Siento un nudo en el estómago, pero no es algo necesariamente malo. Me gusta porque sé que viene de un buen sitio.

Creo que empiezo a sentir una atracción.

¿Cuánto tiempo hace que me siento así? Llevo ya tiempo. Pero esto es una locura. ¿Por qué me gusta un tipo que me ha hecho desgraciada año tras año? ¿Solo necesita un día para darle la vuelta a todo eso y hacerme caer? ¿O podría ser que hemos estado actuando porque pensábamos que teníamos que mantener las distancias?

¿Nos hemos estado malinterpretando el uno al otro todo el rato, evitándonos para no sentir la atracción?

Está todo en mi mente, seguro. Cuando entro en el apartamento, Montana está en el sofá con una toalla en la cabeza y viendo la televisión. Sonríe cuando me ve.

–¿Qué tal ha ido? ¿Ha sido horrible?

Me dejo caer en el sofá en una nebulosa de confusión.

–La verdad es que no. Para nada.

Montana se sienta más estirada. Siempre percibe mis cambios de humor, y ahora se ha dado cuenta de que tengo cosas que contar.

–¿Qué ha pasado?

Yo sacudo la cabeza.

–No sé cómo describirlo. Todo ha sido… distinto.

–¿En el buen sentido?

Suspiro con expresión soñadora.

–Sí. En muy buen sentido.

Montana frunce el ceño.

–Vale, estás empezando a asustarme con tanta vaguedad. Cuéntamelo todo ahora mismo.

Yo jugueteo con un mechón de pelo y me niego a mirarla a los ojos. Es demasiado intensa cuando intenta sacarme información.

–Es solo que tengo un buen pálpito respecto a las próximas dos semanas, ¿sabes? Creo que he malinterpretado a William todo este tiempo.

–¿Qué quieres decir con eso? ¿Insinúas que has reaccionado de manera exagerada a él?

–No, no es eso. Solo creo que hay otra parte de él. Una parte que no es visible en la oficina. Hoy ha demostrado lo dulce y cariñoso que puede ser.

–Entonces, ¿un día actúa con inocencia y te quedas convencida de que es el caballero perfecto? ¿Te has dado un golpe en la cabeza o algo, India? Estás actuando como una adolescente enamorada.

Yo cierro los ojos y sonrío.

–Solo ha sido un buen día, ¿vale? Me siento bien y ya.

–Escúchame bien. Es estupendo que William y tú hayáis arreglado vuestras diferencias o lo que sea. Me alegro por ti, de verdad. Pero por favor, ten cuidado. Los hombres como él pueden manipularte para hacerte sentir de un modo determinado. Lo único que quiero es que no caigas en la trampa.

–¿Una trampa? ¿En serio?

–Completamente en serio. No sabes cuáles son sus intenciones. Vas a estar sola con él en su casa dos semanas. Podría estar intentando acostarse contigo.

–¡Está cuidando de su sobrina! Tiene que trabajar desde casa, no se va a llevar a la niña a la oficina.

–Solo digo que podría estar utilizando esto como una oportunidad para aprovecharse.

–Si lo conocieras te darías cuenta de que eso es ridículo. Nunca he conocido a un hombre que coquetee menos que él. Que yo piense que ahí hay algo de química no significa que tenga que pasar algo. Además, es mi jefe. Yo nunca lo permitiría.

–Es todo un poco raro, India. Seguro que tú también lo ves. Me preocupa que lo acabes pasando mal. Ya sabes que no quiero que te pase nunca nada malo.

Sonrío con dulzura.

–Lo sé, y te agradezco que te preocupes por mí, de verdad. Pero creo que todo está bien. Solo siento un poco de atracción hacia él, eso es todo. No va a llevar a ninguna parte ni aunque quisiera.

Montana asiente, pero sigue un poco preocupada.

–Vale, te creo. Pero no pierdas la cabeza.

Asiento y me pongo de pie. Esta conversación me

ha estropeado el buen humor. De pronto lo único que quiero es estar sola.

–No, por supuesto que no. Creo que voy a darme una ducha y a meterme en la cama. Ha sido un día muy largo.

Esbozo una sonrisa falsa y me voy del salón antes de que Montana pueda seguir haciéndome preguntas. Me meto en la ducha con la cabeza hecha un lío. Por supuesto que Montana tiene razón, como siempre. ¿Por qué debería dar valor a estos sentimientos después de todo lo que ha hecho William? ¿Por qué debería confiar en un hombre que hasta hoy solo me ha dado motivos para pensar mal de él? Además, no conozco su juego. Tal vez haga esto todo el rato. Tal vez se ponga en modo encantador para caer bien a las mujeres y luego regresa a su yo habitual y vuelve a tratarlas mal cuando consigue lo que quiere. No quiero creerlo, pero es un escenario posible.

Me doy una ducha muy larga con la esperanza de que el agua caliente me haga entrar en razón. Pero no sirve. Me voy a la cama sintiéndome tensa y frustrada. Estoy excitada, aunque no entiendo por qué. Tal vez se deba a que las cosas entre William y yo siempre parecen estar al filo de la navaja. Nunca sé qué va a pasar cuando estoy cerca de él. Me mantiene alerta. Y ahora que ese equilibrio cambia, me siento molesta y excitada. Me pregunto si él también lo siente. Me pregunto si hoy a la hora de comer ha sentido mi atracción por él. Me pregunto si sabe que está ganando este juego.

Me recuesto contra la almohada e imagino que es su pecho, fuerte y ancho. Siento el cuerpo tenso y no puedo dejar de recordar lo cerca que estaba William.

Recuerdo su olor con tanta claridad que se me hace la boca agua. Cierro los ojos. Siento todo el cuerpo electrizado. Imagino que me besa. Acerco instintivamente los labios a la almohada como si fuera su rostro y casi doy un respingo. El contacto físico de mis labios con algo me impacta. Hace mucho tiempo que no me siento tan sexual. Imagino sus dedos explorando mi cuerpo y deseo que suceda de verdad. No debería estar fantaseando con mi jefe, pero no puedo evitarlo. Lo deseo.

Gimo y le doy un puñetazo a la almohada para intentar sacármelo de la cabeza. Pero me viene a la cabeza su imagen sonriéndome y eso solo contribuye a que mi cuerpo lo desee todavía más.

Apago la luz y me fuerzo a dormir y a ignorar el anhelo que siento entre las piernas y que no debería sentir.

Me levanto más pronto de lo habitual por la mañana. Son solo las cuatro y media, pero no puedo volver a dormirme y decido saltarme la sesión de escritura matinal y pasar un tiempo preparándome. Me pongo mi mejor traje, uno que no he llevado nunca antes al trabajo. Me tomo mi tiempo para arreglarme el pelo, maquillarme y elegir el perfume. Siento mariposas en el estómago, como si me estuviera preparando para una cita. Es una idea ridícula. Voy a trabajar, por el amor de Dios. Pero no eso no impide que dedique todos mis esfuerzos a mi aspecto.

Cuando Montana se levanta yo ya estoy preparada. Se ofrece a prepararme el desayuno, pero estoy demasiado nerviosa para comer nada. Cuando llega el chófer ya llevaba un rato sentada esperando. En el fondo estaba deseando que llegara antes para poder pasar más tiempo con William. ¿Se puede ser más ridícula? Es mi jefe. No es mi amigo. No es mi amante. Es mi *jefe*.

Necesito una ducha fría o algo.

Cuando llego, William está atendiendo a Rosie, que no para de llorar. Con la otra mano está enviando un mensaje desde el móvil. Le sonrío al entrar, las mariposas del estómago aumentan de intensidad, pero lo único que recibo es un saludo seco con la cabeza. Frunzo el ceño. ¿De verdad hemos vuelto directos a la primera base? ¿Lo de ayer me lo he imaginado?

No debería haberme creado tantas esperanzas. Subo al despacho de William y me instalo, pero no puedo dejar de pensar que lo he entendido todo mal. Todas las señales de que por fin íbamos a llegar a alguna parte… todo falso. William y yo no estamos avanzando. Como mucho estamos quietos, y así es como han sido siempre las cosas entre nosotros dos.

William se pasa el día entrando y saliendo del despacho. Yo intento no mirar en su dirección, pero a medida que avanzan las horas se me hace más difícil. Tiene un aspecto todavía más desaliñado que ayer, con la camisa a medio abotonar. Le veo parte del pecho. Cuando llegué esta mañana tenía el pelo todavía mojado de la ducha. Toda esa estética desarrapada me hizo contener el aliento y contenerme para no acercarme demasiado.

Cuando se acerca la hora de la comida me levanto para ir a buscar un vaso de agua antes de volver al escritorio. Seguramente William haya salido a comer. No me importa. De verdad que no.

Ha transcurrido casi la mitad de mi hora de comer cuando siento una mano suave en el hombro. La conexión me provoca una corriente eléctrica, pero intento mantener la calma. Sin embargo, cuando alzo la vista y veo la cara de William tengo que boquear para tomar aire. Durante una décima de segundo tengo la sensación de que va a besarme. Pero entonces me ofrece un plato con una sonrisa. Un plato con un sándwich de queso caliente. No puedo evitar sonreír.

No es un beso, pero me gusta casi igual.

Capítulo Doce

William

Los últimos días han pasado en una nebulosa, pero en el buen sentido. Han sido largos y cansados, pero entre los cambios de pañal y las aburridas videoconferencias está India. India, que ilumina las estancias cuando entra. India, que me acelera el corazón cada vez que sonríe. India, que me hace reír hasta que me duelen los costados. Esa es la mujer con la que paso ahora mis días.

¿Cómo no me di cuenta antes de lo perfecta que es? Me he pasado tanto tiempo mirándome el ombligo que no me di cuenta de la joya que es. Nunca la valoré, no me permití hacerlo, ni como empleada ni como persona. Ahora no veo nada más. No puedo pensar en nada más. Es viernes y ya es casi la hora de que se vaya a casa. No puedo creer que me vaya a pasar el fin de semana entero sin ella después de haber pasado tanto tiempo en su compañía los últimos días.

Ella está recogiendo sus cosas despacio, como si tampoco quisiera irse. O tal vez me lo estoy imaginando y solo veo lo que quiero ver.

Seguramente está encantada de irse de aquí. Después de todo, tiene todo el fin de semana por delante. Me pregunto cuáles serán sus planes. Tal vez su amiga

Montana y ella se den una vuelta por la ciudad. O quizá prefiera pasar la noche en el sofá viendo películas y comiendo palomitas. Estas son el tipo de cosas que quiero preguntarle para conocerla mejor, pero mantengo la boca cerrada porque me da miedo dar un paso adelante que luego no pueda borrar. ¿Qué sé yo sobre relaciones serias? Ninguna mujer con la que he intentado tener una relación se ha quedado. Soy un adicto al trabajo y ellas quieren alguien que les dé prioridad. Ese no soy yo.

Aunque ahora me siento capaz de cambiar mis prioridades porque Rosie está la primera en este momento, las relaciones y los sentimientos no son mi fuerte, y me muestro reacio a seguir ese camino con mi ayudante. Aunque solo sea en mi mente.

India termina de guardar el ordenador y me sonríe.

–Bueno, pues nos vemos el lunes –dice.

Yo asiento y trato de ocultar mi desilusión. No quiero que vea los efectos que ha provocado en mí esta semana.

–Sí, perfecto. ¿A la misma hora?

–Sí –India se dirige hacia la puerta pero vacila. Tiene sujeto el maletín en el pecho y parece nerviosa. Se aclara la garganta– Bueno, si necesitas en algún momento que te eche una mano con Rosie… ya sabes dónde estoy. En algún momento querrás dormir.

Yo sonrío. ¿Está poniendo una excusa para venir? Tal vez solo está siendo educada, pero tengo la sensación de que no. No es su estilo.

Quiere quedarse.

Estoy a punto de responder cuando suena el teléfono.

–Los siento –le digo a India con una sonrisa de disculpa–. Tengo que contestar.

Miro la pantalla. Es mi chófer, Henry.

–Henry, ¿va todo bien? –pregunto. Escucho al fondo el ruido de un motor.

Mi chófer suspira

–Hola, jefe .Tengo un problema, El coche ha sufrido una avería. No sé qué ha pasado, creo que el motor se sobrecalentó en la autopista. He llamado a la grúa para que vengan a recogerlo, pero no puedo ir a recoger a India.

Miro a India, que está delante de mí intentando entender mi expresión. Me dan ganas de sonreír, pero soy demasiado avezado en el arte de ocultar las emociones para permitir que se me note. Pero esto es bueno. Es casi como si el destino se pusiera de mi parte.

–No te preocupes, Henry. Ya encontraré otra manera. Gracias por avisar –cuelgo. India me está mirando con expresión inquisitiva–. El chófer no va a poder llevarte a casa hoy, al menos durante las próximas horas.

India parece sorprendida.

–Oh, entiendo. ¿Quieres que llame a un Uber? Puedo estar fuera de aquí en unos diez minutos.

Parece tímida. Vulnerable.

Y me dan ganas de estrecharla entre mis brazos y besarla. Quiero decirle que se quede conmigo, pero me aclaro la garganta y miro al suelo.

–Bueno, podrías… yo te llevaría pero no quiero despertar a Rosie metiéndola en el coche.

–No, claro, por supuesto que no…

–O puedes quedarte a cenar mientras pensamos qué hacer.

India parece un poco sorprendida con la idea y yo siento cómo me sonrojo.

Creo que nunca la he visto tan perdida. Quiero deslizarle los dedos por las sonrojadas mejillas. Pero tras unos instantes se recupera y aspira con fuerza el aire.

–Sí, de acuerdo. Si de verdad no molesto…

Yo sonrío y me acerco un poco más. ¿Son imaginaciones mías o está conteniendo el aliento? Le pongo la mano en el hombro durante un instante.

–No me molestas en absoluto. Insisto.

India se relaja visiblemente y deja el maletín en el suelo.

–Vale, siempre y cuando pueda hacer algo de utilidad.

Yo alzo una ceja.

–¿Algo de utilidad?

Ella saca el móvil del bolsillo.

–Por ejemplo, buscar sitios de comida para llevar.

Yo sonrío. Es la mujer perfecta.

–Parece una buena idea. Voy a ver cómo está Rosie. Siéntete libre para explorar la casa… tal vez podrías escoger una película para ver mientras comemos.

India sonríe. Me roza con el brazo mientras se dirige hacia la puerta.

–Suena muy bien –dice con mirada traviesa.

Me distraigo un rato de India atendiendo a la niña. Lleva varios días sorprendentemente bien, tanto que me resulta incluso un poco sospechoso. Cuando me ve estira las piernas y agita los brazos mientras gorgojea. Me lo tomo como un saludo afectuoso. La levanto con una sonrisa y la acuno.

–Cada vez se te da mejor.

Me doy la vuelta y veo a India apoyada en el quicio de la puerta con una sonrisa. Yo sonrío también y dejo a Rosie en la cuna. Se chupa el pulgar y deja caer la cabeza hacia un lado. Se queda dormida enseguida y yo suspiro aliviado. Por mucho que me guste estar con mi sobrina cuando está así de tranquila, quiero pasar la velada con India.

Ella se echa a un lado para que yo pueda salir. Nos quedamos un instante en el rellano antes de que yo le haga una señal para que me siga. La guío hacia el salón. Veo que ya ha elegido película.

–¿*Saw*? ¿En serio? –pregunto.

Ella se encoge de hombros.

–Me apetecía una de terror. ¿Está bien?

Las películas de miedo son mi peor pesadilla, y supongo que esa es la intención. Pero no quiero que India esté contenta. Vería literalmente una película sobre secado de pintura si eso significara que se fuera a quedar más tiempo.

–Claro. ¿Has elegido la cena?

–He pensado en pizza. Una grande de peperoni con extra de queso y pan de ajo de complemento –dice repasando el menú con expresión seria.

Yo no puedo evitar sonreír.

–Me gusta encontrarme con mujeres con buen apetito. Esto lo pago yo, así que pide lo que quieras.

Parece que India va a protestar, pero finalmente asiente y agarra mi tarjeta de crédito.

–Gracias. Estoy intentando ahorrar, así que esto será una gran ayuda.

–¿Para qué estás ahorrando?

Ella se encoge de hombros.

–Para el futuro, supongo. Adoro a mi compañera de piso, pero sé que algún día se irá y yo querré un sitio para mí sola. Y también me vendrían bien unas vacaciones. Hace tiempo que no me tomo unos días libres.

Ahora que lo pienso, India no se ha tomado tiempo libre desde que empezó a trabajar para mí. Supongo que nunca se me ocurrió pensar en ello, pero ahora me doy cuenta de lo muy en serio que se tomaba su trabajo.

Pensando todavía más allá, supongo que nunca tuve que preocuparme de dónde vendría el siguiente cheque. Nunca he tenido una deuda que no supiera con seguridad que podría pagar ni tuve que preocuparme de ninguna hipoteca. Esto es una muestra de lo distinta que es la vida de India de la mía, y sin embargo aquí estamos los dos sentados juntos en el sofá del salón.

Demasiado lejos para tocarnos, pero lo bastante cerca para no poder pensar en nada más.

–No te vendría mal un descanso. Trabajas mucho –digo finalmente.

India me dirige una sonrisa cansada.

–Bueno, cuando termine aquí podré ir donde quiera y cuando quiera y trabajar a distancia. Puede que viaje durante un tiempo.

–¿De veras? Eso es genial –asiento con una sonrisa–. El pecho se me encoge de un modo que no puedo entender bien del todo. ¿Es la idea de que se vaya lo me crea esta ansiedad? ¿O es que la tengo tan cerca que no soy capaz de pensar con claridad?

–Sí, solo un mes o así. Me encantaría ir a Europa, ver todas esas cosas, trabajar en un ambiente distinto y terminar mi novela.

–Suena como si tuvieras pensado trabajar. No parecen unas vacaciones de relax, después de todo.

India se encoge de hombros.

–Me gusta estar ocupada. ¿Y qué me dices de ti? ¿No te gustaría ver mundo?

Ella no sabe que ha tocado nervio. Hubo una vez que mi sueño fue viajar por el globo. Pero no funcionó. Terminé trabajando tanto que no me quedó tiempo para dejar mi empresa desatendida más de unos días. Ahora no es más que un sueño roto del que me he olvidado.

–Supongo que algún día podré dejar de lado mis obligaciones para hacerlo.

India no parece creerme, pero lo deja correr. Toca la pantalla del móvil con gesto satisfecho.

–Ya está. He pedido la pizza. ¿Ponemos la película?

Asiento, pero cuando empieza sé que no podré prestarle ninguna atención. India está sentada demasiado cerca de mí y puedo oler su champú. Una mezcla afrutada. Tiene los ojos clavados en la pantalla, pero yo solo la miro a ella.

Cuando llega la pizza apenas puedo comer, sigo más interesado en lo que ella está haciendo que en esa película de miedo. Para cuando ella ha engullido media pizza y el pan de ajo, yo solo he podido comer una porción.

–Creía que apreciabas a la gente con buen apetito –dice India mirándome.

Alguien grita en la pantalla pidiendo ayuda y yo tuerzo el gesto.

–Sí, pero supongo que no tengo mucha hambre.

Ella ladea la cabeza.

–¿Estás bien? Pareces algo tenso.

Trago saliva. Es una pregunta a la que en realidad no quiero contestar, pero lo hago antes de poder contenerme.

–Siempre estoy tenso cuando te tengo cerca.

India abre los ojos de par en par y luego su rostro se relaja lentamente en una sonrisa. No me había dado cuenta, pero se ha acercado todavía más en el sofá. Tiene el brazo echado por el respaldo y la otra mano me roza de pronto la pierna.

–Bien –dice en voz baja.

Entonces el silencio cae sobre nosotros. India me recorre la pierna con los dedos y yo intento no gemir. Su contacto es electrizante. Se inclina lentamente hacia delante.

«Va a besarme. Me va a besar».

Rosie elige el momento perfecto para empezar a llorar. Se escucha un ruido en el monitor y luego empieza a sollozar. India se aparta con las mejillas ligeramente sonrojadas. Yo trago saliva y me pongo de pie.

–Tengo que ir a ver cómo está.

–Sí, claro. Por supuesto –murmura India haciendo un gesto con la mano para que me vaya.

Subo las escaleras sintiéndome frustrado. Una parte de mí desea que Rosie se calme pronto para poder volver al lado de India, pero supongo que el momento ya ha pasado. Quiero gritar de frustración. Estábamos tan cerca…

Cuando llego al lado de Rosie noto un hedor inconfundible. Gruño. Hay que cambiar el pañal. Suspiro y tomo a la niña sosteniéndola con los brazos estirados un momento. Sacudo la cabeza.

84

—Sabía que lo de esta noche era demasiado bonito para ser verdad.

Rosie sigue llorando, pero podría jurar que le veo también un brillo misterioso en los ojos.

Capítulo Trece

India

Maldición. Eso es en lo único que puedo pensar. Maldición. Maldita sea la interrupción que nos ha impedido liarnos. Casi no puedo creerlo. Estábamos tan cerca, y entonces de pronto la llama se extinguió.

Me da mucha vergüenza haber sido tan osada. ¿Qué pensará William? ¿Que soy una especie de secretaria loca empeñada en seducir a su jefe?

Pero ahí está la cosa. En ese momento no sentía que fuera mi jefe, solo pensaba en una noche con un hombre que me gusta. Un hombre que hace que el corazón me lata más fuerte.

Sigue arriba atendiendo a Rosie, y yo estoy sentada sola en su salón retorciéndome las manos, medio mirando la película y tratando de descifrar lo que se me pasa por la cabeza. Me pregunto si se alegra de tener una excusa para levantarse, o si tenía tantas ganas de que pasara como yo. ¿No podría haber esperado unos instantes si realmente tuviera interés? ¿De verdad era tan urgente que tenía que salir de inmediato?

En este momento lo único que deseo es irme a casa, pero no quiero que haya incomodidad el lunes. Si me marcho ahora es como dejar claro que estoy asustada por la situación, y lo estoy, pero él no debe saberlo.

Necesito actuar como si no pasara nada y como si nunca hubiera intentado besar a mi jefe.

Dios, ¿en qué estaba pensando?

Se hace el silencio en el monitor tras unos instantes y escucho a William bajar por las escaleras. Entra en el salón y se deja caer en el sofá a mi lado.

–Esa niña es una pilla –dice con la vista clavada en la pantalla.

Me doy cuenta de que está nervioso. Se ha sentado más lejos que antes y tiene una postura rígida. Eso me hace pensar que no quería besarme. Intento sonreír, pero tengo que hacer un esfuerzo por disimular mi desilusión. William se aclara la garganta. Sin duda siente la presión tanto como yo.

–¿Quieres una copa? Quiero decir, es fin de semana… ¿Gintonic?

Yo suspiro aliviada.

–Perfecto.

William desaparece unos minutos y yo intento utilizar ese rato para recomponerme. «Deja de ser tan patética», me digo. «Agradece que Rosie interrumpiera la situación antes de que hicieras alguna tontería».

William vuelve con mi copa y yo me apuro la mitad de un solo sorbo. Él parece un poco sorprendido pero no dice nada. Termina la película y William pone otra distraído, aunque estoy convencida de que ninguno de los dos tiene interés en verla. Nos terminamos la copa y él sirve otra ronda. Y luego otra. Empiezo a sentirme segura de mí misma de nuevo. Me quedo mirando sus abdominales pegados a la tela de la camisa. Luego deslizo la mirada hacia la barba incipiente. Le miro los brazos desnudos, las venas prominentes bajo la piel bronceada.

Lo deseo.

Alzo la vista y doy un respingo al darme cuenta de que él también me está mirando. Nuestras miradas se quedan clavadas durante unos instantes. Apenas puedo respirar. Quiero tocarle, pero no quiero hacer el primer movimiento. Sobre todo porque la última vez no me salió muy bien. No. Si William desea esto, que actúe.

Se acerca unos milímetros más. Me toma la barbilla en la mano para sostenerme la cara. El gesto me deja sin aliento. Nuestras miradas se cruzan. Parece muy serio.

–¿A qué estás jugando conmigo, India? –me pregunta acaloradamente.

Yo guardo silencio durante un largo instante. William me mira con intensidad.

–Bésame –dijo de pronto.

No sé de dónde ha salido eso. De algún lugar muy oculto dentro de mí que no me atrevo a visitar. Pero ahora está abierto. Los ojos azules de William parpadean y yo abro las labios al caer en la cuenta de lo que acabo de pedirle.

Él entorna los ojos y desliza la mirada a mi boca. Maldice entre dientes, se gira y me pone la mano en la nuca. Se inclina hacia delante y me sostiene con un movimiento firme.

Y así sin más, nuestros labios se entrechocan. Y así sin más, William aplasta mi boca con la suya.

Cierro los ojos. Puedo saborear la ginebra que ha estado bebiendo y siento un zumbido en el cuerpo. Su lengua roza la mía y yo gimo y me agarro a sus hombros buscando más. Tiene la piel ardiente. Y el aliento también. Y me besa como si le fuera la vida en ello.

Como si fuera la única oportunidad de su vida para hacerlo.

Pero de pronto no es suficiente. Lo quiero todo. Todo de él.

Tomo las riendas. Me coloco con torpeza encima, sobre su entrepierna, y me froto mientras le agarro del pelo y sigo besándole. Parece claro que no está acostumbrado a esto, puedo sentir el latido de su corazón mientras le acaricio el pecho con la mano libre. Está más excitado que yo, si es que eso es posible.

Gruñe contra mi boca mientras yo me aprieto más fuerte contra él. Me gusta que haga ruidos, está bien saber cuándo excitas a un hombre. Deslizo la mano hacia su pecho sintiendo cada músculo mientras me muevo para bajarle la cremallera de los pantalones.

Lo deseo demasiado para molestarme con preliminares.

Y en ese momento él me detiene.

Aparta los labios de los míos al instante y me deja con una sensación fría y hueca en el pecho. ¿Acabamos de empezar y ya quiere que termine? Ya sé que la lógica dice que es lo correcto, pero, ¿acaso ha sido alguna vez nuestra relación lógica y directa? Desde luego que no. Entonces, ¿por qué de pronto le preocupa romper una cuantas normas?

William me aparta unos centímetros y sacude la cabeza con vehemencia. Aprieta las mandíbulas tan fuerte que se la marca el músculo de la mejilla.

–Dios, India. Lo siento. No tendría que haber dejado que esto pasara. Es una mala idea.

–Una mala idea buena –insisto yo besándole el cuello.

Esta vez no se aparta, pero gruñe, en parte por el deseo y en parte frustrado, como si yo fuera una niña irritante. Tal vez sea así como me ve la mayor parte del tiempo.

–Esto es muy poco profesional por mi parte –me pone las manos en los hombros.

–¿Y qué? No vas a ganar el premio al jefe del año. Al menos esto es mejor que escuchar cómo me gritas –argumento.

William me aparta con más firmeza esta vez y me pone de pie.

–Vamos, India. Sabes que esto es una idea terrible. Eres mi asistente –se frota la cara con una mano.

–No por mucho más tiempo –murmuro yo en voz baja. El corazón me late con tanta fuerza que me pongo a temblar–. Y no estamos en la oficina… no tenemos por qué hacer un drama de esto. Además, ¿quién se va a enterar?

Me está mirando con ansia. Sé que está a punto de rendirse. Cuando un hombre tiene tantas ganas de sexo no hace falta mucho, con un pequeño empujoncito lo tendría en la palma de mi mano.

Pero antes de que pueda empezar a seducirle, se levanta y sacude la cabeza.

–Nadie lo sabría excepto yo, India –dice con seriedad estirándose la camisa–. El trabajo lo es todo para mí. Sé los problemas que puede traer esto. Mi hermano tuvo muchísimos problemas por acostarse con una empleada. Al final ella tuvo que dejar su trabajo para salvar el de él. Sí, lo resolvieron, pero no fue fácil. No voy a poner en peligro mi reputación por una… aventura de una noche.

El comentario duele. A ver, no esperaba casarme y tener hijos después de esta noche, pero duele que me vea como una historia de una noche. ¿Lo que hemos compartido esta semana no significa nada para él? ¿Después de todo lo vivido estamos en el mismo y triste sitio en el que empezamos?

No quiero rendirme porque en algún punto de sus ojos veo un brillo de deseo que me dice que quiere esto tanto como yo, pero no quiero suplicarle. Y al mismo tiempo no puedo dejarlo así.

Estoy un poco bebida y tengo las emociones a flor de piel. Me da la impresión de que William está a punto de rendirse.

Nos quedamos en silencio unos segundos. Y entonces, antes de que me dé por cambiar de opinión, deslizo lentamente la mano hacia el primer botón de mi camisa. Lo desabrocho. Luego otro. Y otro. William me mira fijamente como hipnotizado mientras me abro la camisa.

Traga saliva una vez. Y luego otra.

–¿Qué estás haciendo? –pregunta con voz ronca.

Yo no contesto. Me pregunto si intentará detenerme, pero no lo hace.

Mareada por el deseo, distingo claramente el brillo del deseo en su mirada. Me desabrocho el último botón y dejo caer la camisa al suelo, mostrando el sujetador. Me bajo la cremallera de los pantalones y salgo con elegancia de ellos. Ahora estoy solamente en ropa interior. Sabía que había una buena razón para ponerme un tanga esta noche. William me está comiendo con los ojos, pero me gustaría que además hiciera algo. «Agárrame», quiero decirle.

Me aparto el pelo por encima del hombro. Este pequeño striptease me ha excitado. Me detengo un instante para cubrir mi propio seno y aparto la tela del sujetador para pellizcarme el pezón. Ojalá fuera él quien me tocara. No recuerdo haber deseado nunca a un hombre así.

Me apoyo en la mesa auxiliar. Veo en su mirada que está ansioso por ver cuál es mi siguiente movimiento. Estoy demasiado excitada para ser tímida, así que abro las piernas, asombrada por mi propia osadía. Sé que esto hará que se rile, que lo convencerá para no cumplir su palabra.

Deslizo la mano en mis braguitas. William abre los ojos de par en par. Hundo los dedos en mi humedad y exploro mi zona más sensible. William se queda muy quieto con los ojos clavados en el movimiento de mis dedos. Entonces me incorporo y cruzo el salón. Al verme acercarme, William se tumba en el sofá.

Sin pararme a pensar en lo que estoy haciendo, me coloco otra vez a horcajadas encima de él. No me detiene. Respira agitadamente. Me desliza las manos por la espalda con gesto posesivo y me aprieta las nalgas como si quisiera alejarme y al mismo tiempo acercarme más a él. Pongo mis dedos húmedos en sus labios y él saca la lengua para lamerlos. Yo gimo suavemente. Por fin. Por fin está entrando en esto.

Me inclino hacia delante y le rozo los labios con los míos. Me aprieta el trasero con más fuerza todavía, su erección vibra contra el triángulo entre mis piernas.

–India –gime.

Estoy temblando por él, pero no lo puedo hacer todo yo. Tiene que poner algo de su parte.

Me incorporo haciendo un esfuerzo titánico y me aparto lentamente de él. Parece confundido cuando recojo lo ropa.

–Si quieres esto –susurro–, tendrás que seguirme al dormitorio.

Al ver que no responde, me obligo a mí misma a marcharme. Me muevo despacio con la esperanza de que William venga tras de mí y me tome en brazos. Pero no hay ni rastro de él cuando subo las escaleras. Me pregunto a qué diablos está esperando. Creo que no he podido ser más clara.

Entro en el dormitorio de invitados y me tumbo en la cama. Estoy tan excitada que me dan ganas de tocarme, pero me obligo a mí misma a esperar. Quiero que sea él quien me lleve al orgasmo. Quiero que sea él la razón por la que me tiemblan las piernas. Pero no hay señal de él.

Espero. Y sigo esperando a que cruce la puerta y me haga suya. Pero a medida que el alcohol va abandonando lentamente mi cuerpo me empiezo a hacer a la idea de que no va a venir. He hecho todo lo posible para que el hombre se interese por mí, y me ha dejado sola sin un solo jirón de dignidad. Me voy quedando dormida y me pregunto qué es lo que he hecho.

Capítulo Catorce

William

¿Qué he hecho?

La he cagado pero bien. Tenía una oportunidad para acostarme con la mujer de mis sueños. Una oportunidad para demostrarle (y demostrarme a mí mismo) que no soy una pérdida de tiempo. Que vale la pena invertir en mí. Ella ha hecho todo lo que podía desear. Si hasta me ha hecho un striptease, por el amor de Dios. Ha estado sexy, traviesa y seductora… y yo he dejado pasar la oportunidad.

¿Por qué no la he seguido al dormitorio? ¿Por qué me he quedado ahí sentado mientras ella se tocaba, sonriéndome? ¿Por qué no le he dado lo que me estaba pidiendo? Porque soy un idiota, por eso.

Me he quedado atrapado en mi propio miedo. Miedo a ser controvertido. Miedo a pasarme de una raya que yo mismo he trazado. Me convencí a mí mismo de que estaba haciendo lo correcto cuando la vi marcharse y no la seguí. Pero cuando pasó una hora y ella seguía sin volver al salón fui a ver y estaba completamente dormida. Había estropeado por completo mi oportunidad.

Y ahora me he despertado solo en mi cama con la única compañía de un bebé llorón. India está sola en la habitación de invitados, abandonada y sin duda insatisfecha. Los dos podríamos haber ganado anoche si yo no fuera un perdedor.

Me levanto lo más rápidamente que puedo, aunque la habitación me da vueltas. Demasiados gintonics, no cabe duda. Atiendo a Rosie, y en su favor debo decir que se calma en cuanto le cambio el pañal y le doy de comer. Luego decido que necesito encontrar a India. Si no se ha marchado ya, claro. Tengo que disculparme y aclarar las cosas antes de meterme en un agujero todavía más profundo.

Cuando entro en la habitación de invitados me encuentro con la cama hecha y ni rastro de India. Sacudo la cabeza y corro escaleras abajo. Escucho la cafetera en la cocina y voy hacia allí. India está vestida con el traje de ayer y se está preparando un café. Me mira cuando entro pero aparta la vista al instante. Tal vez lo haya imaginado, pero me ha parecido ver un ligero sonrojo en sus mejillas.

–India...

–Buenos días, señor Walker. No puedo creer que todavía siga aquí esta mañana, pero no pasa nada. En cuanto me tome un café me iré a casa.

–¿En serio? ¿Vas a fingir que no ha pasado nada?

India se da la vuelta con los ojos echando chispas, aunque mantiene el rostro sereno. Le da un sorbo al café y mira en mi dirección.

–Bueno, tú hiciste un buen trabajo fingiendo anoche que no estaba pasando nada mientras sí estaba pasando –dice–. Así que vamos a olvidar el asunto, ¿te parece?

–Mira, lo siento, yo...

–No –me corta ella–. Cometí un error. Cometí el error de pensar que estabas interesado. Cometí el error de pensar que eras… distinto. Pero me he equivocado en todo. Así que podemos dejarlo aquí.

–India…

–Por favor…

Entonces alza los ojos hacia los míos y el dolor que veo en ellos me impacta. Me calla. Me provoca un puñetazo en el estómago y me hace sentir el peor hombre del planeta.

–India –repito tragando saliva y alzando la mano para tocarla.

Pero nos interrumpe una fuerte llamada con los nudillos en la puerta de entrada. ¿Quién puede ser un sábado por la mañana?

India alza una ceja.

–¿Va usted a abrir, señor Walker, o quiere que lo haga yo?

Aprieto los dientes con rabia y me dirijo hacia la puerta, frustrado y no interesado en lo más mínimo respecto a quién puede estar al otro lado. Abro y parpadeó sorprendido.

–¿Papá? ¿Qué haces aquí?

Mi padre está en el umbral con un enorme conejito de peluche rosa.

–¿Necesito una excusa para venir a ver a mi hijo y a mi nieta? –pregunta mirando a su alrededor–. ¿Dónde está ese ángel?

–En mi habitación. Durmiendo.

–Ah, vale. Entonces supongo que puedes prepararme un café mientras ella descansa.

Dejo pasar a mi padre con incomodidad y me pregunto cómo voy a explicar la presencia de mi asistente allí. Va directamente al salón y se encuentra con los restos de la noche anterior. Sonríe.

−¿Has tenido compañía, o la pequeña Rosie se ha tomado su primer gintonic? −pregunta dándole un golpecito a uno de los vasos.

Estoy a punto de darle una explicación cuando India entra. No parece en absoluto impresionada.

−¿Recuerdas a mi padre, Alistair Walker? −me apresuro a preguntar.

India le saluda brevemente con la cabeza.

−Buenos días, señor Walker −dice ella. Ha coincidido con él en un par de eventos de trabajo.

Papá nos mira primero a uno y luego a otro con expresión inquisitiva.

−Buenos días, India. ¿Hay alguna razón para que estés aquí tan temprano un sábado por la mañana?

−Estaba a punto de irme −afirma ella sin más. No es de las que ponen excusas, así que seguramente la imaginación de mi padre está desbocada.

−No hay ninguna prisa, querida. Solo he venido a ver cómo están mi hijo y Rosie. ¿Se han portado bien?

India ladea la cabeza.

−Aunque parezca raro, yo diría que su hijo es más infantil que el bebé. Aunque estoy segura de que usted ya lo sabe.

Papá se ríe con ganas y me da una palmada en la espalda.

−Me gusta esta joven dama, hijo. Aunque está claro que a ella no pareces gustarle tú demasiado −vuelve a mirar a India−. Verás, mi hijo necesita una buena mujer que le tenga en vilo. Que le ayude a no perder la perspectiva, ¿entiendes?

India asiente con expresión fría.

–Claro. Le daré su número si alguna vez encuentro a alguna dispuesta a quedarse con él.

No puedo evitar enfadarme con ellos por burlarse como si yo no estuviera allí. Me dan ganas de decirle a mi padre por qué está enfadada India realmente, pero mantengo la boca cerrada.

Y por suerte en ese momento llaman a la puerta de nuevo. Abro. Esta vez es Henry.

–El coche ya está listo –dice educadamente sin ser consciente de la conversación tan extraña que ha interrumpido–. Puedo llevar a casa a la señorita Crowley.

–Gracias, Henry –respondo yo mirándola de reojo.

India me mira a mí y no puede evitar el sonrojo que le cubre las mejillas, aunque está claro que me odia.

–Hasta el lunes, señor Walker.

Se marchan en silencio. En cuando salen, mi padre se ríe entre dientes.

–Bueno, hijo, parece que las cosas aquí estaban un poco frías, ¿no?

Yo sacudo la cabeza. En lo único que puedo pensar es en si India me perdonará alguna vez por haberla dejado sola anoche de aquel modo.

¿Lo he estropeado todo o tendré otra oportunidad?

Capítulo Quince

India

Una semana más. Solo una semana más. Ese ese
todo el tiempo que tengo que pasar con el insufrible
William Walker, y luego podré marcharme con los bolsillos bien cargados y no volver a verle nunca más.

Entonces, ¿por qué me desilusiona tanto la idea de
irme?

Resulta casi insoportable pensar que voy a volver
a su casa después del modo en que me humilló. Y sin
embargo aquí estoy, preparándome para regresar a la
escena del crimen. Una parte de mí está deseando volver. ¿Por qué? No tengo ni idea. Tal vez en el fondo
espero que haya cambiado de opinión de nuevo. Está
claro que va de idea en idea del mismo modo que su
hermano solía ir de mujer en mujer. No sabe lo que
quiere. Pero no puedo ser yo quien le enseñe a pensar
por sí mismo. Es una tarea demasiado grande para
llevarla a cabo en el espacio de una semana, y para
entonces ya me habré marchado. Solo tengo que aceptar que todo lo que ha pasado entre nosotros ha sido
un tremendo error. Por mucho que me suplique o in-
tente convencerme de otra cosa, tengo que asegurarme
de que esto sea el final. Porque soy yo la que resulta
dañada cada vez que nos acercamos más. Tengo que

mantener las distancias con William aunque solo sea para protegerme.

Soy hija única, y siempre tuve la sensación de no haber cumplido las expectativas que mis padres tenían respecto a mí. Me hubiera encantado tener una familia tan cercana como la de William. Sí. Verle con su sobrina me ha derretido en cierto modo el corazón. Y sí, hablar con él y conocer ese otro lado de su carácter también ha tenido un efecto.

Pero su rechazo me dolió en varios sentidos. Me hizo sentir una vez más como si yo no fuera lo bastante buena. Sobre todo cuando una parte de mí quiere que él me tenga en alta estima porque yo he empezado a tenérsela a él.

Me meto en la cocina para hacerme el desayuno. Todavía es muy temprano, pero para mi sorpresa, Montana me está esperando allí. Intento sonreír aunque siento que me voy a echar a llorar. Montana no parece en absoluto convencida con mis intentos.

—Buenos días —digo en voz baja esquivándole la mirada.

Ella se cruza de brazos.

—¿Vas a contarme lo que pasó el sábado o vas a seguir fingiendo que todo está bien?

Yo sacudo la cabeza mientras abro la nevera.

—No hay nada que contar —no me imagino hablando de esto con Montana. ¿Qué le puedo decir? ¿Que le hice un striptease a mi jefe y que no mostró ningún interés? Soy realmente patética.

Pero Montana no es de las que se rinden.

—No le debes nada a ese hombre, India. Podrías marcharte ahora mismo. Olvídate del dinero, no es importante. Si crees que trabajar allí otra semana te va a hacer sentir mal, deberías irte.

–Estoy bien.

–No, no estás bien. Te conozco mejor que nadie. Sé cuándo estás triste. Y estoy segura de que ha hecho algo que te ha molestado.

¿Y qué hay de nuevo? Es mi jefe. Su misión no es cuidar de mí y hacerme sentir bien.

–India, escucha…

–Déjalo estar, Montana –le ruego–. Puedo arreglármelas. Sé lo que hago, ¿de acuerdo? Tienes que confiar en que soy lo bastante fuerte para conocer mis límites. Si al final es demasiado para mí, me iré. Lo prometo.

Montana suspira y se mira las manos.

–El problema está en que creo que piensas que eres de piedra. Como él. Y no lo eres. Está claro que aquí hay más de lo que me cuentas, y vas a salir escaldada.

Aspiro con fuerza el aire. ¿Qué sabe Montana de lo fuerte que puedo ser? ¿Y cómo puede percibir que hay algo más? No le he contado lo mucho que ha empezado a significar William para mí. No le he dicho lo siento. Pero tal vez no haga falta.

¿Tan obvio resulta a ojos de todo el mundo que me estoy enamorando del hombre incorrecto?

Me cruzo de brazos en gesto defensivo.

–Mira, no hace falta que te preocupes. Todo va a estar bien.

Montana se me queda mirando fijamente un instante como si estuviera intentando descifrar a la persona que tiene delante. Luego se pone de pie y agarra su botella de agua de la encimera.

–Si eso es lo que crees, adelante. Pero ten cuidado No quiero verte derrumbarte.

Cuando se marcha siento que se me cae el alma a los pies. Tiene razón en todo. Estoy perdida con William Walker. Pero no hace falta que él lo sepa. No voy a dejar que vea el efecto que causa en mí. Endurezco la expresión del rostro, alzo la barbilla y me digo a mí misma que estoy bien.

El trayecto al trabajo se me hace eterno, pero la eternidad no dura para siempre. Cuando llego a la puerta de la casa de William estoy prácticamente consumida por el miedo. Aspiro con fuerza el aire y confío en que nadie se dé cuenta de que me tiemblan las manos. Tengo que tomarme esto paso a paso. Minuto a minuto. Día a día. Estoy muy cerca de librarme de William para siempre.

Henry me mira con simpatía cuando gira el coche y se marcha, seguramente a hacer algunos recados. Me sonrojo. Tal vez él también haya notado la tensión. Opto por llamar a la puerta con los nudillos para no despertar a Rosie. Enseguida me abre William con Rosie en brazos. Parece cansado. Cansado, pero guapo. Parece casi sorprendido al verme, como si se hubiera olvidado de que trabajo ahí.

–India… Buenos días.

Y le saludo con un breve asentimiento de cabeza y entro con los hombros lo más rectos que puedo. Tal vez soy mejor actriz de lo que pienso, porque de pronto William empieza a tartamudear cuando intenta decir algo.

–Mira, India… del fin de semana… bueno, yo creo que…

Yo alzo una mano para silenciarle.

–No quiero escuchar una palabra más –afirmo–. No me interesa lo que tengas que decir al respecto –me centro en Rosie–. Hola, princesa.

–¿Ni siquiera si te digo que lo siento? –William parece frustrado, lo que me obliga a volver a mirarle.

No esperaba esto. Esperaba excusas, estrategias de defensa, cualquier cosa para intentar caer de pie. Pero ahí está él, dispuesto a reconocer la culpa de lo que ha pasado el fin de semana. ¿De verdad quiero impedir que diga algo?

William parece tomarse mi asombrado silencio como algo bueno. Se recoloca a Rosie en brazos.

–Mira… si me das diez minutos para ocuparme de la niña podemos sentarnos y hablar tranquilamente. Aparte de un par de videoconferencias, hoy tengo el día bastante libre.

–Me alegra mucho que hayas encontrado tiempo para mí en tu apretada agenda –dice intentando poner un tono burlón. Pero en realidad quiero escucharle aunque me había prometido a mí misma que sería inflexible.

Este camino que estoy tomando es peligroso. Tal vez le dé por pensar que puede irse de rositas con todo. Pero es tan tentador que me limito a asentir.

William suspira fuerte, asiente a su vez y acuna suavemente a Rosie mientras se dirige a las escaleras. Le habla dulcemente a la niña y eso me enternece el corazón. Ojalá no fuera así. No quiero confiar en él ni pensar que es otra cosa que no sea un jefe de pesadilla. En caso contrario todo se vuelve más difícil.

Entro en el salón y me siento, intentando recomponerme para esta conversación. Pero una parte de mí sabe que no estoy en absoluto preparada para esta conversación.

Cuando William vuelve se sienta en el sofá lo más lejos posible de mí, tal vez le da miedo cómo pueda reaccionar ante esta conversación. Si me conociera un poco sabría que perro ladrador es poco mordedor. Sabría que ahora mismo me siento tan vulnerable como él.

William aspira con fuerza el aire y se pasa los dedos por el pelo.

—Bueno, entonces... supongo que debería empezar por decir otra vez que lo siento.

Me quedo mirándole el cuello, incapaz de mirarle a los ojos.

—¿Qué es lo que sientes?

—Haberte dejado sola de ese modo. Después de... lo que hiciste quería seguirte. De verdad. Pero había cosas que me preocupaban.

—¿Qué te preocupaba? ¿El contacto humano?

Se hace un silencio sepulcral.

Alzo la mirada y me dan ganas de llorar cuando nuestros ojos se encuentran. William tiene una expresión de indefensión absoluta.

—Vamos, India. ¿De verdad me vas a hacer verbalizarlo?

Yo trago saliva y me obligo a mantenerle la mirada. Quiero que sepa que eso es exactamente lo que espero que haga. William suspira y se muerde el labio inferior, apartando la mirada.

—De acuerdo... me preocupaban las consecuencias. Me preocupaba cómo podría afectar esto a nuestro trabajo. Me preocupaba no ser lo suficiente bueno para ti. Que si me acostaba con una mujer tan hermosa, tan divertida e inteligente… eso tendría un efecto permanente en mí.

Casi siento simpatía por él, pero entonces recuerdo que los hombres Walker son unos maestros en el manejo de la palabra. Seguramente me tiene justo donde quiere. Me cruzo de brazos y sacudo la cabeza.

–No. No me cuentes milongas.

–Te lo juro, India, no son palabras vacías. Supongo… que me da miedo estropear las cosas antes siquiera de que empiecen.

–Yo buscaba una aventura de una noche, no una proposición matrimonial.

William se sonroja.

–Lo entiendo. Pero eso es en sí mismo complicado también. En estos momentos trabajas para mí. El sexo podría complicarlo todo. Y las dos últimas semanas ya han sido bastante difíciles. ¿No te das cuenta de que añadir algo más a la ecuación hace que el escenario sea todavía más loco?

Yo pongo los ojos en blanco.

–Qué manía de complicarlo todo. ¿Por qué hay que buscarle tres pies al gato?

William me mira con intención.

–Tras tu respuesta a esto, creo que los dos sabemos que no podemos considerarlo como algo sin importancia.

Aunque me dé rabia, tiene toda la razón. No quiero admitirlo, pero ha dado completamente en el clavo. No puedo tener una experiencia sin importancia con William. Alguien va a resultar herido. Durante todo este tiempo he dado por hecho que sería yo la que sufriría más. Pero, ¿y si los sentimientos de William son tan fuertes como los míos?

¿Y si él también tiene miedo?

Se me acerca un poco más en el sofá y el corazón me da un vuelco en el pecho. Se mira el regazo mientras reúne el coraje para hablar.

—No estoy diciendo que nada de esto sea una buena idea —comienza a decir con cuidado—. Pero… en lugar de llegar hasta el fondo, podríamos simplemente pasar un tiempo juntos.

—¿Crees que después de todo lo que me has hecho pasar quiero pasar más tiempo contigo? ¿Más tiempo de humillación?

William alza la vista hacia mí. Un amago de sonrisa le asoma a los labios y de pronto parece tan guapo y tan vulnerable que da hasta un poco de miedo.

—Creo que a pesar de todo sí quieres. Quieres tenerme cerca. Te lo veo en los ojos.

Resisto la urgencia de cubrirme la cara. Estoy harta de que mis expresiones me delaten. Porque tiene razón. A pesar de todo, quiero quedarme aquí con él.

Me está mirando. Está esperando una reacción. Quiero inclinarme hacia delante y besarlo, pero si lo hago sería como traicionarme a mí misma. No puedo entregarme con tanta facilidad a él solo porque me ha ofrecido una especie de disculpa. Me aclaro la garganta.

—Esto es lo que va a pasar. Vas a tener una oportunidad más, solo una. Podemos pasar esta velada juntos. Sin tocarnos, solo hablando. Veamos cómo va. Y a partir de ahí hablamos. Pero te juro que más te vale que se te ocurra algo bueno. No voy a quedarme aquí si me causas más problemas.

William se permite finalmente sonreír.

–No te preocupes, India. No pienso estropear mi última oportunidad contigo.

Capítulo Dieciséis

William

Cuando Rosie empieza a llorar a las diez de la mañana, no puedo sentirme más aliviado. El ambiente de mi despacho ha sido muy tenso desde que India y yo nos acomodamos allí hoy. No ha dicho mucho desde que hablamos a primera hora y no la culpo. Tras la debacle del viernes por la noche tiene todo el derecho del mundo a andarse con cautela conmigo. Pero estoy decidido a demostrarle que no comete un error dándome una última oportunidad.

Tengo que hacer las cosas bien. Eso es lo único que se me pasa por la cabeza. Soy muy consciente de ello cada vez que la miro. Tengo la impresión de que está completamente fuera de mi alcance. Es demasiado buena para mí en todos los sentidos, pero esta noche tengo que dar un paso adelante y demostrarle que soy el hombre que ella quiere que sea.

El problema es, ¿cómo voy a demostrarle que me gusta?

En realidad no soy un romántico. No destaco por mi sentido del humor ni por tener una gran conversación. De hecho ella solo me conoce como un jefe de pesadilla. Quiero que me vea como soy. Reservado pero cariñoso. Alguien que no va a decepcionarla.

Siento mucha presión, y solo tengo una oportunidad para hacer esto bien. Me juego mucho.

Me lleva casi una hora tranquilizar a Rosie, y cuando vuelvo al despacho India apenas presta atención a mi presencia. Me siento en el escritorio y me aclaro la garganta para ver si responde. Al ver que no lo hace, suspiro y trato de centrarme en el trabajo, pero me vienen a la cabeza los pensamientos de la velada que vamos a compartir. Todavía no se me ha ocurrido qué podemos hacer.

La miro de soslayo. Está tecleando con furia en el portátil, concentrada en la escritura. En eso es igual que yo, constantemente inmersa en el trabajo. Así que tal vez deba hacer algo que la ayude a relajarse. Y de pronto se me ocurre la idea perfecta.

Me levanto despacio para no distraerla. Si me pregunta dónde voy, seguramente tartamudee. Miento fatal. Pero no me mira, así que salgo de la habitación sin que se dé cuenta. Me escabullo por el pasillo, saco el móvil y llamo a Henry. Responde al instante.

—¿En qué puedo ayudarle?

—Tengo que pedirte una cosa —digo bajando el tono—. Necesito que me consigas un bañador de mujer.

Se acerca el final de la jornada laboral y estoy esperando ansioso a que Henry regrese de su misión. Me pone un mensaje a eso de las cuatro de la tarde. India me mira cuando me pongo de pie.

—¿Por qué estás tan inquieto? No has parado de moverte en todo el día.

Así que se ha dado cuenta. Tal vez no soy tan sutil como pensaba. Busco una excusa.

–Iba a ver cómo está Rosie –miento, impresionado con mi propia habilidad.

India se encoge de hombros y yo me dirijo a la puerta de entrada, donde me espera Henry.

–Bueno, ¿qué me has traído?

Henry está completamente sonrojado.

–La dependienta de la tienda me pidió que le describiera a India y me recomendó esto –se sonroja un poco más todavía–. Espero que esté bien.

Me tiende una bolsa de aspecto elegante y la abro para ver qué hay dentro. Luego saco despacio el bañador y me lo quedo mirando horrorizado. Parece como una tela de araña, el material negro está tejido en piezas alargadas que no parece que vayan a cubrir mucho. Vuelvo a guardar el bañador en la bolsa.

–¿Estás loco? ¿Cómo se te ocurre comprarle a mi asistente algo así? Va a pensar que quiero vestirla de actriz porno o algo parecido –sacudo la cabeza. Esto es un desastre. India se va a enfadar muchísimo cuando vea el bañador. Me froto la cara–. Vale, no pasa nada, Henry. Gracias por intentarlo.

–¿Gracias por intentar qué?

Henry y yo nos damos la vuelta sobresaltados. India está de pie en las escaleras mirando la bolsa. Suspiro y se la paso resignado.

–Me pareció que sería buena idea pasar un rato en el jacuzzi de la azotea hoy. Ver el atardecer.

Ella me ignora, baja las escaleras y agarra la bolsa. Mira dentro y yo contengo el aliento, preparándome para verla salir por la puerta. Pero veo cómo la expresión le cambia de confundida a divertida. Pone los ojos en blanco y luego me mira a los ojos con una sonrisa traviesa.

–Nos vemos allí –dice.

Luego se gira sobre los talones y se dirige al baño. Esta mujer nunca deja de sorprenderme.

Henry deja escapar un profundo suspiro de alivio y se escabulle rápidamente. No le culpo. Tengo la sensación de que la noche podría arder en llamas en cualquier momento.

Pero supongo que eso es parte de la diversión.

Se está haciendo de noche rápidamente. Los atardeceres en Chicago son especialmente bonitos en otoño, y estoy deseando ver el de hoy. Me siento en el jacuzzi con una botella de *prosecco* en hielo al lado, confiando en que India se dé prisa. No quiero que se lo pierda.

Pero cuando la veo llegar me olvido del atardecer por un momento. Lleva puesto el bañador con confianza. Los rizos le caen en cascada por la espalda, pero aparte de eso tiene la piel desnuda. El bañador se abre por delante, dejando al descubierto sus senos. También tiene las caderas desnudas y descubro un pequeño tatuaje de corazón en una cadera. Se acerca al jacuzzi moviendo las caderas con los ojos clavados en los míos. Sé que está jugando, quiere saber si voy a seguir mirándole el cuerpo. Por supuesto que quiero, pero también quiero que tenga una buena opinión de mí. Le mantengo la mirada y sonrío amablemente.

–Ven. El agua está calentita –le digo agarrando una copa para servirle un poco de vino.

Pero ella sacude la cabeza.

–No, en día laboral no –afirma–. La última vez no me fue muy bien, por si no lo recuerdas.

Supongo que se está refiriendo a la noche anterior a que se fuera. Ahora me parece que eso fue hace mucho tiempo, aunque han pasado menos de dos semanas. Y sin embargo, muchas cosas han cambiado. Si alguien me hubiera dicho una semana atrás que estaría en el jacuzzi con mi asistente habría pensado que estaba loco. Y ahora India está entrando con delicadeza en las burbujas, vestida con ese revelador bañador y con una sonrisa en la cara. Parece casi un sueño, pero me doy un pellizco bajo el agua y me doy cuenta de que es real.

Ella suspira al sentarse. Echa la cabeza hacia atrás y cierra los ojos. Los mechones de cabello le flotan en el agua.

–Necesitaba esto –murmura.

Yo me aclaro la garganta.

–Eso pensé… sí, pensé que lo disfrutarías. Siento… siento lo del bañador. No esperaba que Henry trajera… bueno, esto.

Ella sonríe con los ojos todavía cerrados.

–Te preocupas demasiado por todo, ¿no?

Frunzo el ceño al escuchar eso. Me alegro de que no haya abierto los ojos. No quiero que vea que me afecta lo que me dice.

–Supongo que sí. Pero estoy trabajando en ello.

India asiente y abre finalmente los ojos.

–Yo también. Supongo que dejarse llevar tampoco está tan mal, ¿verdad? No todo tiene que estar planeado al milímetro.

Yo asiento, aunque creo que ninguno de los dos estamos de acuerdo del todo a cierto nivel. Nos encantan los planes estructurados. Pero ahora que estoy en el jacuzzi con mi asistente, creo que esa filosofía ha salido volando por la ventana.

—Es como escribir una novela —continúa India—. Siempre pensé que si podía tener un esquema en un papel todo sería fácil a partir de ahí. Es decir, no te puedes equivocar mucho si tienes unas instrucciones de cómo ir paso por paso delante de ti. Pero supongo que las cosas nunca son así. La vida se interpone. Nuevas ideas. Las cosas cambian y todo eso.

Yo asiento. Seguramente ahora India podría decir cualquier cosa y yo estaría de acuerdo. Parece que lo que dice tiene mucho sentido, aunque apenas oigo lo que dice.

Empieza a atardecer. El cielo tiene el color de las hojas de otoño. India lo observa en silencio, pensativa. Me pregunto qué pasa por su mente. ¿Está pensando en mí del modo en que yo pienso en ella?

Inclina la cabeza a un lado y mira hacia mí.

—Es curioso, nunca he visto el atardecer tan de cerca. Lo he descrito miles de veces, como solemos hacer los escritores. Pero nunca había visto uno —sonríe, y eso me relaja un poco. No parece estar enfadada conmigo por una vez, y agradezco el cambio—. Gracias por esto. Ha sido una buena idea.

—Entonces… ¿estamos bien?

—Bueno, quizá sea mejor no forzar —me dice.

Pero el brillo de sus ojos da a entender que está de broma. Suspiro aliviado. Estoy en su lista blanca, al menos por el momento. Ahora lo único que tengo que hacer es terminar el día sin estropearlo. Me aclaro la garganta. Esta es mi oportunidad para profundizar un poco más y de conocerla mejor.

–Hablando de lo que haces… ¿escribes sobre la vida real?

India deja escapar un suspiro y se mueve en el agua.

–La mayor parte del tiempo. No soy muy de fantasías. Entiendo que atraiga como un escape del mundo real, pero yo prefiero escribir sobre cosas auténticas. Algo que todo el mundo pueda experimentar.

–¿El amor, por ejemplo?

Ella se encoge de hombros.

–No necesariamente. Pero a veces sí. Me gusta escribir sobre la vida tal y como la vive la gente. Gente de verdad, vidas reales. Sencillas.

Sé dónde quiere llegar. Está diciendo que no escribiría sobre gente como yo. El tipo de personas que están tan alto en las nubes que han olvidado lo que es tener los pies en la tierra.

India parece darse cuenta de cómo podría tomarme sus palabras y se muerde el labio inferior.

–No te estoy juzgando en absoluto. Lo que pasa es que no creo que mucha gente entienda la clase de vida que tú llevas. Vamos. Atardeceres con champán en la azotea. Ese es el tipo de cosas que la mayoría de nosotros solo experimenta una vez en unas vacaciones caras, no un lunes por la tarde al salir del trabajo.

Yo frunzo el ceño.

–¿Estás diciendo que soy un mimado?

Ella se ríe. Es una risa agradable, fuerte pero no agobiante ni forzada.

–No, para nada. Pero si te das por aludido…

Yo sonrío y la salpico un poco. Ella vuelve a reírse

114

y me salpica también en la cara. Alzo las manos en gesto de rendición.

–De acuerdo, de acuerdo –digo riéndome.

India vuelve a reclinarse en el jacuzzi y cierra los ojos.

–En cualquier caso, no estoy en contra de ese tipo de cosas. Claro que el amor es importante, seguro. Pero creo que a veces la simplicidad es la clave. Yo no tengo una vida complicada ni hay nada especial en mí, y creo que la mayoría de la gente hablaría igual de sí mismos. Y quieren ver eso reflejado en la ficción.

–Pero como dijiste antes, algunas personas quieren escapar. Que las transporten a un sitio nuevo.

India abre un ojo y me mira.

–Yo no –afirma con dulzura.

El corazón me late con tanta fuerza contra el pecho que me sorprende que se formen olas en el agua. ¿Qué me está diciendo? ¿Que soy demasiado para ella? ¿Que no le impresiona nada mi estilo de vida? Después de todo el lío que ha montado, espero que no me esté diciendo que no está interesada…

Vemos el resto del atardecer en silencio. Yo miro de reojo el monitor para bebés, pero Rosie está callada por el momento. Una parte de mí espera que me rescate de este escenario, pero otra parte solo quiere quedarse allí con India toda la noche hablando de nada. Siempre me sucede algo parecido con ella, supongo. ¿Es normal eso, tener miedo de una persona y al mismo tiempo sentirse irresistiblemente atraída hacia ella?

Antes de que me dé cuenta de lo que está pasando estamos envueltos en oscuridad e India sale del jacuzzi. Yo frunzo el ceño.

–¿Dónde vas?

Ella sonríe y se observa las manos.

–Estaba empezando a arrugarme –dice–. Y es día laborable, ¿recuerdas? Mañana va a ser un día largo. Muchas videoconferencias programadas.

–¿Estás pensando en eso ahora mismo?

India se encoge de hombros.

–¿Hay algo más en lo que debería pensar?

El trabajo es lo último que se me pasa a mí por la mente al verla con ese bañador, pero no lo digo en voz alta. Me limito a sacudir la cabeza.

Tal vez sean imaginaciones mías, pero parece un poco decepcionada. Agarra una de las toallas que yo había sacado y se envuelve el cuerpo en ella.

–Esto ha estado muy bien –reconoce echándose los rizos mojados por encima del hombro–. Pero no hace falta romanticismo para impresionarme. Solo necesito saber que tú estás interesado. No soy tan exigente como crees.

Frunzo el ceño.

–Yo no creo eso.

India me sonríe.

–Si lo supieras, ahora mismo estaríamos dentro cenando comida rápida. Pero en este caso me alegro de que no lo supieras, porque el atardecer ha sido precioso.

Entra en casa y deja atrás huellas mojadas en la azotea. Yo me recuesto en el jacuzzi preguntándome si la velada ha sido un éxito o no. India no se ha enfadado conmigo ni ha empezado a discutir, pero por otro lado no parece particularmente impresionada con lo que he preparado. Después de todo, sigo sin saber en qué lugar estoy.

Ha dicho que solo quiere saber si estoy interesado. ¿No ha quedado eso claro ya? ¿O tengo que hacer algo más, algo más grande?

Tal vez solo tenga que volver a lo básico.

Capítulo Diecisiete

India

Cuando entro en la casa tras la sesión de jacuzzi, me pregunto cómo ha ido la noche. Es difícil saber si he causado una buena impresión o no. William siempre parece estar muy nervioso cuando me tiene cerca. ¿Es porque quiere impresionarme o porque le doy miedo?

Intento recordar la conversación que tuvimos cuando estábamos fuera. Todo parece haber sucedido en una nebulosa, pero en lo único que puedo pensar es en que he debido parecer una desagradecida. William se esforzó en pensar algo para la velada y lo único que he hecho ha sido quitarle importancia. ¿Habré estropeado lo que se suponía que era nuestra última oportunidad?

Sé que le estoy dando demasiadas vueltas. Puede que William sea tímido en muchos sentidos, pero también es apasionado. Si no está de acuerdo con algo que yo diga me lo hará saber. Pero no puedo evitar pensar que no estoy hecha para estar con un hombre como él. Somos muy distintos en todos los sentidos. Él es rico, yo no. Él es guapo, yo soy normal. Él es lógico y yo creativa. Ya sé que dicen que los opuestos se atraen pero, ¿es posible ser demasiado distintos? ¿Cabe alguna posibilidad de que esto avance?

Voy camino al dormitorio de invitados cuando escucho llorar a Rosie y el timbre de la puerta a la vez. Me cambio rápidamente de ropa y voy corriendo a ver si William necesita mi ayuda. Ya está en la puerta, y sostiene a Rosie con un brazo mientras abre con el otro.

—Myrna, ¿qué estás haciendo aquí? —parece sorprendido.

—Llevo todo el día mandándote mensajes —dice una voz femenina desde el otro lado del umbral.

—Estoy… —William se aclara la garganta y mira a Rosie—. Estaba ocupado, como puedes ver.

Yo frunzo el ceño y siento una punzada de celos. Miro detrás de él y veo a una espectacular modelo rubia con grandes ojos azules y boca de fresa.

Es el tipo de mujer que nunca le menospreciaría por tratarla como a una reina. El tipo de mujer que nunca le llamaría mimado ni pensaría que su estilo de vida es demasiado para ella, porque disfrutaría de la situación.

—No encuentro los pendientes de mi madre. Debo haberlos dejado aquí —se ríe suavemente y mira hacia el interior de la casa—. ¿No vas a dejarme entrar a ver?

—No están aquí —afirma William.

—Por favor.

William vacila un instante antes de apartarse a un lado. Me fijo en los pendientes de diamantes que le brillan en las orejas y no puedo creer que tenga otro par.

—Hace ya un tiempo que rompimos. No puedes esperar que me crea que te pongas ahora a buscar pendientes perdidos —gruñe William.

Está tan adorable que me dan ganas de darle un beso en la frente.

–Bueno, ya te he dicho que no los encuentro, y he buscado por todas partes. Oh… –hace una pausa al verme y me mira fijamente–. ¿Quién es ella?

–Mi asistente –William cambia a Rosie de un lado a otro y me ofrece una disculpa con la mirada.

Yo saludo a su ex con una inclinación de cabeza, siento un poco de lástima por William. Porque estoy segura de que por un lado es tan fría y malvada como solía ser él, y por otro lado parece todo lo que yo nunca seré, y eso es triste.

–Puedo agarrar a Rosie mientras vosotros habláis si queréis –me ofrezco.

–No será necesario –William sigue con el ceño fruncido.

–Sí, muchas gracias –dice Myrna.

Rosie le está dando palmadas a William en la cara mientras gorgojea divertida.

Me acerco para tomar a Rosie de sus brazos y me llega una oleada de su aroma. ¿Se ha puesto colonia después del jacuzzi? Me estremezco cuando nuestros dedos conectan, nuestras miradas se cruzan durante una décima de segundo durante la que mi corazón está a punto de salírseme del pecho.

Me doy rápidamente la vuelta con la niña en brazos, sonrojada y tratando de ocultarlo mientras la llevo al dormitorio. Rosie me da golpecitos en la cara ahora a mí.

–No seas mala, princesa –la regaño con cariño cuando entramos en el dormitorio.

Ella se ríe. Y las voces del salón llegan hasta aquí. Debería cerrar la puerta, pero no lo hago.

¿Por qué? Porque me siento protectora con William. Posesiva. Porque tengo celos y un nudo en el estómago.

—Llevo puestos los pendientes de mi madre, William —le está diciendo Myrna con una risa suave—. Cielos, no puedo creer que no los recuerdes. Estoy aquí porque estoy dispuesta a darte otra oportunidad.

Silencio sepulcral.

Entonces escucho la voz de William, áspera y fría.

—No te la estoy pidiendo.

—Oh, vamos. Sé que te dolió que rompiera contigo. Te mostrabas siempre tan frío y egoísta… pero he estado pensando que te echo de menos. No he dejado de soñar contigo durante las últimas semanas. Tengo la sensación de que hay algo más en ti, y ahora que te miro veo sin duda que hay algo distinto.

—Eso es porque ya no estás en mi vida, Myrna. Me gustaría que eso siguiera así.

—Entonces, ¿hay alguien más?

—No.

La firmeza con la que lo dice casi me hace llorar.

—¿Pero quieres que haya alguien más? ¡Oh, Dios mío! ¿Cómo es posible que no lo haya visto antes? ¡Es ella! ¡Tu asistente!

Yo abro la boca, asombrada.

—Tengo que volver con mi sobrina —dice William—. Por favor, márchate.

—William, espera…

Se hace un silencio. No se escuchan pasos ni nada, excepto el latido de mi loco corazón.

—Lo nuestro tiene sentido. Yo soy una mujer de negocios, y tú un hombre de negocios. Imagina cómo podríamos combinar nuestros imperios…

–No necesito más trabajo en mi vida –responde William con firmeza–. Y ya tengo más dinero del que puedo gastar.

–¿Qué necesitas, entonces? –Myrna suena frustrada, como si las cosas no estuvieran saliendo como ella esperaba.

–Algo normal, natural –William no vacila lo más mínimo en sus respuestas. Como si supiera exactamente lo que quiere.

–¿Algo para llenar el vacío? Nada lo va a llenar nunca en tu caso, William.

Se hace otro silencio. Escucho un crujir de ropa y se me forma un nudo en el estómago al imaginar que se están besando. Tengo la tentación de salir al vestíbulo y mirar hacia el salón, y cuando doy unos pasos en aquella dirección veo a William sujetándole las manos cuando ella intenta acercarse y torciendo la cara cuando intenta besarle.

–No estoy interesado, Myrna –dice él con suavidad pero con firmeza.

Ella le mira como si lo estuviera viendo por primera vez.

–Vaya. Esto ha sido… no lo puedo creer –sacude la cabeza y da un paso atrás–. Al menos me ha gustado verte con tu sobrina. Eso demuestra que tienes un lado paternal.

–Hazme un favor –le pide William acompañándola a la puerta–. No vuelvas a buscarme a mi casa nunca, ni a ningún otro lado. Tenías razón cuando rompimos. Ahí no había nada. Se acabó.

Cuando se cierra la puerta yo me concentro en Rosie. Está agitada, y sé que es porque tiene hambre, así que caliento un biberón y finjo que no he escuchado una palabra de lo que han dicho cuando William vuelve a entrar en la habitación.

—Siento la situación —dice desde la puerta—. No entiendo a qué ha venido esto.

—¿No? —me río—. Pues yo sí. Quiere que vuelvas, y no la culpo.

Ups, ¿he dicho eso en voz alta? No puedo mirarle a los ojos.

Rosie se queda rápidamente dormida y la dejo en la cuna, claramente consciente de que William está al lado de la ventana con las manos en los bolsillos, mirándome cuando me acerco a la puerta. Me detengo allí, su aroma me llena las fosas nasales.

—Bueno, buenas noches.

Espero un segundo. Dos. Espero a que él diga algo. Pero se limita a mirarme con las mandíbulas apretadas, como si no supiera qué decir. Me obligo rápidamente a salir.

Dios, soy una idiota.

Voy al despacho a recoger mis cosas lamentando que William no sea un poco más lanzado y no me haya pedido que me quede. Sé que le he dicho que esta noche no habría nada, pero él tampoco es un seductor nato. Y sin embargo, a una parte de mí le gusta que se guarde las cartas tan cerca del pecho. No es como otros hombres, que apuestan fuerte hasta que consiguen lo que quieren. Los pasos de William son más cuidadosos y calculados. No entra a la carga con metralletas, pero tengo la impresión de que cuando finalmente me dé algo con lo que trabajar, la espera habrá valido completamente la espera.

***

Justo cuando estoy lista para irme, llaman a la puerta del despacho. William no espera a que conteste antes de abrir. Parece vacilar durante un breve instante, pero tiene los ojos llenos de energía. De pasión. Entra en la estancia y cierra la puerta.

–No te vayas.

–Pero, ¿qué…?

Entonces me besa, y todas las meticulosas normas de la noche salen disparadas por la ventana. Todo sucede en un instante, y cuando recupero los sentidos ya estamos en la habitación de invitados, William está en calzoncillos y yo en sujetador y braguitas. Con ansia de él. De sentir su piel bajo mis dedos. Me tumbo en la cama y le hago un gesto para que venga. William apaga la luz, nuestras respiraciones agitadas resuenan en la silenciosa habitación. Entonces viene a la cama y se coloca encima de mí. Su mirada está clavada en la mía en la oscuridad. Yo tiemblo de anticipación y contengo el aliento cuando desliza los dedos por mi cara.

–¿Quieres esto? –pregunta rozándome la piel al bajarme el sujetador.

Yo me estremezco bajo su contacto.

–Por supuesto que sí. Esto es lo que estaba esperando.

Hunde el rostro entre mis senos, su aliento cálido me hace cosquillas en la piel. Desliza la lengua hacia arriba y me hace gemir al rozarme el cuello. Me mordisquea la oreja.

Tengo las braguitas empapadas. Estoy tan excitada

y tan asombrada por el giro de los acontecimientos que apenas puedo procesar esto.

Finalmente me planta los labios en los míos. Desliza la lengua, cálida y húmeda, y me succiona como si fuera su bebida favorita. Yo lo beso ansiosamente e intento agarrar cualquier parte de su cuerpo que pueda alcanzar. Estoy excitada como nunca antes en mi vida. Todos los encuentros sexuales que he tenido con anterioridad han sido lentos y calculados. Esto es salvaje y fuerte. Apenas puedo respirar, pero no me importa mucho. William está duro como una roca cuando se aprieta contra mí.

–He esperado mucho para esto –me gruñe al oído cuando nuestros labios se separan un instante. Se me pone la piel de gallina.

–Dime –le pido.

William desliza una mano por mi cuerpo y luego la introduce en mis braguitas. Me encuentra completamente lista para él, y suspiro.

–Solía mirarte en la oficina –murmura mientras me besa en los senos y va adquiriendo un ritmo–. Y pensaba en cómo sería sentirte así. Abrazarte. Tenerte.

Yo gimo. Esto es exactamente lo que quería oír. Me froto contra su mano para hacerle ir más rápido.

–Yo también he pensado en esto –le digo. Me siento para besarle el cuello y aprieto con suavidad los dientes contra su piel–. Cuando estaba enfadada contigo me imaginaba el sexo que tendríamos para arreglarlo. Lo salvaje que sería.

William pilla la indirecta y mueve los dedos más deprisa. Con la otra mano me sostiene la cara y me apoya la cabeza contra la almohada. Le pega tan poco hacer algo así que hace que sea más sexy todavía. Usa el pulgar para acariciarme el clítoris y yo me estremezco de placer.

–William…

Se mueve para besarme los labios, su lado más dulce regresa durante un instante, aunque ya no vacilo. Sé que desea esto tanto como yo. Enlaza la lengua con la mía, empujando y girándola.

Contengo el aliento mientras me va guiando a mi primer clímax, las piernas me tiemblan al alcanzar el placer definitivo. Se me nubla la visión y alzo las caderas hacia él. No puedo evitar gritar suavemente, pero a William no parece importarle. Ralentiza los dedos un poco más y luego los saca del todo. Observo cómo se los chupa para secarlos, y resulta tan sexy al hacerlo que casi vuelvo a alcanzar otro orgasmo. Pero ahora quiero que sea mi turno. Quiero demostrarle lo que soy capaz de hacer.

William sigue en modo mando. Me acaricia el pecho con fuerza y me pellizca un pezón. Me doy cuenta de que quiere más de mí. Lo quiere todo.

–Quiero tenerte desnuda encima de mí –me dice.

No tengo ningún deseo de llevarle la contraria. Me levanto casi desnuda, a excepción de las braguitas. Miro hacia atrás para ver si me está observando. Por supuesto que sí. No me doy la vuelta todavía. Puede esperar un momento más.

Cuando me quito la braguitas, me inclino y le doy una buena perspectiva de mi trasero. Cuando me doy la vuelta William me está mirando con los ojos llenos de deseo y se acaricia el pene lentamente con una mano mientras me devora con la mirada. Me tomo mi tiempo antes de volver a la cama. La colcha está ahora en el suelo, no hay nada bajo lo que esconderse. Estamos los dos completamente expuestos, y no se me ocurre nada más sexy.

Estoy de rodillas en la cama y le acaricio las musculosas piernas. Siento que William quiere que le toque, pero creo que es mejor seducirle antes un poco. Me mira mientras deslizo la mano entre mis piernas y con la otra me acaricio los senos. La respiración se le vuelve más agitada y empieza a acariciarse a sí mismo más deprisa. Yo sacudo la cabeza. Se detiene, pero me doy cuenta de lo difícil que le resulta. Está muy frustrado, completamente erecto, y yo no hago nada al respecto. Pero sus ojos deambulan por mi cuerpo y sé que se está deleitando con la vista. Cuando aparta los ojos de mi torso y los clava en los míos me acerco a él. Bajo la boca a su pene y empiezo a succionarlo suavemente.

William me mira fijamente, los ojos semicerrados mientras se relaja. Al principio uso también las manos, pero cada vez que lo introduzco en la boca dejo que profundice un poco más. Enseguida lo tengo completamente dentro y ahora me muevo más rápido.

Confieso que he fantaseado con esto, con hacerlo debajo de su escritorio, en el ascensor, en cualquier parte. Pero nada se puede comparar con cómo se siente en la realidad, tan grueso y vibrante. Su olor me embriaga de deseo. William deja escapar un suave gemido cuando empiezo a lamerle la punta con la lengua.

Gime y me agarra el pelo mientras sigo. Es lo bastante grande como para que la experiencia sea un poco incómoda, pero no me importa. Quiero complacerle a toda costa.

Cuando gime una segunda vez, me doy cuenta de que ha llegado el momento de ir un paso más allá. Se está acercando. Al principio parece decepcionado cuando me siento, pero cuando me coloca a horcajadas encima de él se le iluminan los ojos.

–Sí, esto es lo que quiero –gruñe lamiéndome el cuello.

Cielos, está tan duro, y tan fuerte, cuando me atrae hacia él… ya no tengo el control. Lo tiene él. Se coloca un preservativo y me agarra por la cintura para guiarme a la posición.

Estoy un poco nerviosa, hace bastante que no estoy con un hombre. Pero cuando le permito entrar en mí y llenarme se me olvidan los nervios. Se me olvida todo. Durante los primeros instantes apenas puedo moverme de lo excitada que estoy. A William le parece bien y permite que me ajuste a su tamaño, comiéndome con los ojos.

De pronto no puedo soportarlo. Necesito más. Más de él. Todo de él. Me inclino hacia delante y le lamo los labios. Ronroneo cuando abre la boca y me lame a su vez. Empiezo a galoparlo, jadeando cada vez que su pene se mueve dentro de mí. Nunca he experimentado algo tan intenso con un hombre. Parece que él está viviendo algo parecido; tiene las pupilas completamente dilatadas y la mandíbula apretada de placer. Flexiona los músculos cuando me embiste y me ayuda a moverme, clavándome los dedos en la piel mientras establece el ritmo. Estoy haciendo mucho ruido, pero por suerte William no tiene vecinos cerca.

–Me gusta escuchar tus gemidos –gruñe en mi cuello, besándome y lamiéndome. Luego me muerde el labio cuando me mira.

Sus palabras terminan de desatarme por completo, y no me contengo. Me permito entregarme a mis impulsos animales. Me olvido de la vergüenza. Le monto hasta que de pronto me acerco a la cúspide de mi segundo orgasmo.

William suelta un gemido gutural y sé que está a punto. Me permito dejarme llevar por el placer y disfruto del momento en el que William se derrama dentro de mí. Estoy sudando y me cuesta respirar, pero no me importa. Nos miramos un instante antes de que me agarre de las caderas y me aparte. Y entonces, para mi sorpresa, me estrecha entre sus brazos y me aprieta contra él, besándome la cara y el pelo. Yo suspiro, hacía mucho tiempo que no me sentía tan feliz. Siento que me voy quedando dormida, y mis últimos pensamientos son sobre William Walker.

El sueño no dura mucho.

Me despierto poco después con la sensación de unos labios vagando por mi cuello. Sé al instante quién me está cubriendo los senos. El corazón me da un vuelco. Me despierto del todo al instante y me muevo entre sus brazos hasta que estoy de costado mirándole. Los ojos le brillan en la oscuridad y me parece distinguir una sonrisa en sus labios. Extiendo el brazo para tocar esos labios y los acaricio con los dedos. William me los mordisquea juguetón.

Yo gimo y me inclino hacia delante para morderle también la mandíbula. Él se ríe entre dientes y me coloca sobre la espalda antes de agarrarme una pierna por la rodilla y doblarla para colocársela en el hombro.

Contengo el aliento asombrada, me siento completamente abierta. William no me da tiempo a preguntarme cómo será sentir que entra en mí así. Se limita a colocar su erección entre mis pliegues y a embestirme una y otra vez. Sus ojos brillantes me miran en la semioscuridad y yo jadeo más a cada segundo. Y cuando ya estoy sin aliento, cuando puedo oler lo húmeda que estoy y lo abierta y esponjosa que siento la entrada a mi cuerpo, William se retira para colocarse un preservativo y empieza a bombear de nuevo. No tengo palabras… el placer es demasiado intenso. La posición le permite entrar profundamente, cada centímetro de mí está lleno hasta el fondo. Me agarro a sus brazos y me incorporo un poco para ofrecerle la boca también. La toma. Oh, la toma sin vacilar ni un segundo. Me devora en cada respiración y me saborea con la misma intensidad con la que me está tomando. Mi cuerpo le dice sin palabras lo mucho que lo deseo. Ningún hombre en toda mi vida me ha deseado tanto ni me ha tomado así.

La siguiente vez que me despierto es con el tacto suave de algo húmedo y cálido en la piel. Gimo, porque es delicioso. Abro los ojos y veo la oscura cabeza de William moviéndose entre mis piernas abiertas.

–Oh, Dios, William –le agarro del pelo sin saber si quiero acercarlo más o mí o apartarlo, porque estoy en una posición demasiado vulnerable y abierta. Él gira la cabeza y me besa en el interior del muslo antes de mirarme.

–Túmbate. Déjame saborearte. Sabes de maravilla. Llevo demasiado tiempo queriendo hacerte esto, India…

Su respiración me baña los pliegues antes de que vuelva a saborearme, y siento que me hundo en un lago de lava líquida mientras él sigue devorándome de un modo que me hace sentir más sexy y deseada que nunca… Y me hace también llegar al orgasmo más deprisa que nunca antes.

Capítulo Dieciocho

William

Cuando me despierto tengo una sensación agridulce. Por un lado estoy en la cama abrazando a una mujer hermosa. Y por otro escucho a mi sobrina llorando en el monitor como si no hubiera un mañana.

India se mueve dormida y estira los brazos. Se gira para darme un beso en los labios, nada que ver con la noche anterior, cuando nos buscamos el uno al otro hasta el alba. Varias veces y de todas las maneras imaginables. Ahora, con este tierno beso matinal, parece como si nos hubiéramos saltado cinco años y estuviéramos casados y con hijos. Es un pensamiento sorprendente, pero también me hace sonreír.

Me siento satisfecho, contento y muy relajado.

—Si me preparas un café, yo me encargo de darle el biberón a Rosie —murmura adormilada.

Yo le acaricio la suave piel de la espalda. Si Rosie no estuviera llorando me sentiría tentado a tomarme el día libre y quedarme allí con ella.

—No hace falta que lo hagas —le aseguro.

—No me importa —murmura India con sonrisa adormilada.

Dios, está preciosa al levantarse. Sale de la cama completamente desnuda y empieza a vestirse. Es una pena verla completamente vestida ahora que sé lo que hay debajo, pero me recuerdo a mí mismo que sigue siendo mi asistente.

Se dirige a la puerta, pero de pronto se detiene y, como si se lo hubiera pensado mejor, vuelve para darme un beso en la mejilla. Me lo da nerviosa, como si no tuviera claro si debe hacerlo. Conozco la sensación. ¿Cómo se actúa tras una aventura de una noche con alguien a quien conoces bien? ¿Finges que no ha pasado? ¿Le das un beso con la esperanza de que la noche haya sido el comienzo de algo más? India ha optado por el camino del medio, y yo me quedo en la cama un instante preguntándome qué significa esto.

¿Está esperando a ver cómo se desarrollan las cosas o intenta decidir cómo quiere que vayan?

Salgo de la cama, me ducho lo más deprisa que puedo y me visto. Voy a la cocina para prepararle un café a India, y de pronto me veo inmerso en pensamientos confusos que no estoy preparado para enfrentar. ¿Qué quiero de India? ¿Qué quiere ella de mí? ¿Es mejor que finjamos que lo de anoche fue solo una aventura o lo reconocemos como adultos? ¿Cuándo se volvió esto tan confuso? La noche anterior no había líneas borrosas. Sabíamos que nos deseábamos, pero esta mañana, ¿cómo comunicar lo que sentimos?

Mientras la cafetera prepara dos capuchinos yo me apoyo en la encimera de la cocina e intento pensar un plan. Quiero hacerle saber que la noche anterior no ha sido para mí algo casual. No ha sido algo de una noche que estoy encantado de olvidar. Quiero estar con ella.

Pero tal vez la asuste. Hemos pasado de enemigos a amantes en menos de un mes. ¿Estará dispuesta a tener una relación? ¿Le preocupa lo que piensen su familia y amigos? Apuesto a que les ha contado cosas malas sobre mí y no la culpo por ello, pero eso no ayudará a mi causa si realmente quiero que las cosas avancen.

Hay muchas cosas en las que pensar. Tal vez la clave sea no pensar en nada. Tal vez solo necesito arriesgarme a decirle lo que pienso. ¿Qué es lo peor que puede pasar? Cuando termine la semana cada uno seguirá su camino y no volveremos a hablar. Eso será lo que pase si nunca le digo lo que siento. Pero si lo hago puede que tenga la oportunidad de retenerla a mi lado un poco más.

Subo despacio las escaleras con dos cafés en la mano. Repaso mentalmente lo que quiero decirle. Siento una punzada de ansiedad en el pecho, hace mucho tiempo que no me abro a nadie, y menos a una mujer.

Aspiro con fuerza el aire al entrar en mi dormitorio. India acaba de cambiar a Rosie y le está haciendo cosquillas en la tripita. La niña se ríe y da patadas al aire con las regordetas piernas. Entonces India levanta la vista y sonríe. Me quedo un instante sin respiración. Siento una oleada de amor surgida de la nada, tanto por Rosie como por India. Y de pronto todas las palabras que quería decir quedan reducidas a nada. ¿Cómo voy a describirle ahora lo que me pasa?

India deja a Rosie en la cuna y agarra el café. La veo dar un sorbo largo con los ojos cerrados. Parece estar en paz. Tengo muchas ganas de decirle algo, pero mis labios siguen sellados.

Ella me mira y observa mi rostro durante un instante.

–¿Va todo bien? –me pregunta con cierta preocupación.

Esta es mi oportunidad. Debería decir algo, pero cuando abro la boca no sale nada. Suspiro y sacudo la cabeza.

–Todo va bien –le digo.

La semana transcurre feliz. El martes por la noche India se va a casa y se despide de mí agitando la mano en gesto amistoso cuando sale por la puerta. Cuando regresa cada día por la mañana para trabajar, yo espero que suceda algo. Me paso horas preparando largos y románticos discursos que mueren en mis labios cada vez que estoy a punto de decir algo. Nos lanzamos miradas furtivas y sonrisas secretas como si estuviéramos en una sala llena de gente que no supiera que hemos pasado una noche juntos, pero no hablamos del tema. No nos acercamos lo suficiente para besarnos, ni siquiera rozarnos. Mantenemos una distancia profesional, y parece que mis esperanzas de revelar lo que siento empiezan a morir. Intento aceptar que solo ha sido una noche especial, pero todo mi ser quiere más. Ahora que la he probado, tengo ganas de ella.

Y sin embargo, India no me envía ninguna señal de lo que siente. Sonríe con dulzura, me prepara café y charla de cosas generales, pero no hace ningún amago. No sobrepasa los límites. Empiezo a preguntarme si he hecho algo malo. Tal vez no disfrutó de la noche tanto como yo pensaba.

Cuando el jueves llega a su fin llego a la conclusión

de que India es demasiado buena para mí y que nunca podré alcanzarla.

Ahora es viernes por la mañana. No he dormido mucho, aunque Rosie estuvo tranquila toda la noche yo me la pasé dando vueltas en la cama pensando en India. Supongo que podría seguir siendo mi asistente. Hemos trabajado muy bien juntos. Y así podría ganar algo de tiempo para convencerla de la idea de darnos una oportunidad.

Hoy es su último día trabajando para mí. Y también es mi última oportunidad, supongo. Si voy a decir algo tiene que ser hoy. La idea me llena de ansiedad. Estará aquí dentro de una hora. Rosie empieza a llorar suavemente y yo la tomo en brazos y la acuno como India me ha enseñado. Otra cosa más que tengo que agradecerle: me ha enseñado a conectar con mi sobrina. Le beso la frente con cariño y cierro los ojos para descansar la mirada unos instantes.

Escucho cómo llaman a la puerta abajo. Aspiro con fuerza el aire, coloco con cuidado en la cuna a Rosie, que ha se ha calmado, y corro para abrirle a India.

Cuando abro la puerta me la encuentro allí de pie esperando con una sonrisa en la cara. Por supuesto, veo más de lo que hay. ¿Se alegra de verme o está pensando en otra cosa? Me mira de arriba abajo con cariño cuando entra.

–Buen atuendo de trabajo hoy –murmura mirando los pantalones negros que llevo y la sencilla camisa negra de botones.

No me toca cuando se dirige a las escaleras, pero el tono de su voz, dulce como la miel, es suficiente para ponerme la piel de gallina, como si me hubiera acariciado con los dedos. Me pongo otra vez muy nervioso. Hoy es mi última oportunidad.

—¿Has buscado una nueva asistente?

Parpadeo y levanto la vista del portátil. India tiene los pies encima del escritorio y tiene el ordenador en las piernas. Me observa detenidamente. Tengo la sensación de que busca una respuesta certera, pero, ¿qué quiere que le diga? ¿Que nunca contrataré a otra asistente porque ella es demasiado maravillosa?

—Sí, creo que casi la tenemos ya —dijo con sinceridad. Recursos humanos tiene dos candidatas preseleccionadas a las que voy a entrevistar el lunes—. Lo bueno es que ambas podrían empezar enseguida.

—Oh —dice India tras unos instantes, quitando los pies de la mesa—. Bueno, eso está bien.

No suena muy sincera. Yo me limito a asentir. No hay mucho que decir. Ella parece nerviosa. ¿Habrá algo que quiera decirme? Al final vuelve al trabajo y yo intento hacer lo mismo, pero como de costumbre, solo puedo pensar en ella.

«Di algo. Hazlo», me digo. Pero por supuesto, no me escucho a mí mismo.

Las cinco de la tarde llegan antes de lo que me hubiera gustado. Intento estirar cada minuto. Intento llenarlo de India. De su risa, de sus bromas irónicas, de su mirada. Pero enseguida se acaba y guarda su ordenador por última vez. Tengo las palabras en la punta de la lengua: «Quédate. Quédate conmigo».

Me quedo en silencio.

India se queda allí de pie unos segundos agarrando el ordenador con fuerza. Mira a su alrededor casi con cariño hacia el despacho.

–Bueno, me estaba acostumbrando ya a esto –dice riéndose sin ganas.

Siento una punzada en el pecho al escuchar un sonido tan triste. ¿Le da tanta pena marcharse como a mí que se vaya?

«¡Díselo, Walker!».

Pero mis sentimientos me resultan demasiado extraños. Demasiado fuertes para decirlos en voz alta y no sentir que me abro en canal.

–Bueno… eres bienvenida para venir siempre que quieras –le digo.

Ella sonríe. Pero solo con los labios. Necesita que le diga más. Necesita que le dé algo sólido con lo que trabajar. Podría decirle «quiero que te quedes». Deja caer la cabeza y me esquiva la mirada.

–Tal vez me pase algún día –me dice con poca convicción.

Y entonces llega el momento que he estado temiendo. Me extiende la mano en gesto de despedida.

Le estrecho la mano en la mía. Siento el deseo de llevármela a los labios y besarle la palma. Quiero estrecharla entre mis brazos. Pero no lo hago. India la deja ahí un poco más de lo adecuado y luego la retira.

Yo aprieto los puños a los lados.

–Ha sido un placer trabajar contigo estas dos últimas semanas –me dice.

Y entonces asiente brevemente con la cabeza, se da la vuelta y se va. No puedo soportar ser testigo del momento en el que se marcha de mi vida.

Yo, el jefazo que construyó esta empresa de la nada. El millonario hecho a sí mismo, adicto al trabajo que haría cualquier cosa por conseguir lo que quiere.

Excepto cuando de verdad importa, supongo. Porque no he sido capaz de reunir el maldito coraje para decirle a India que quiero estar con ella. Más de lo que he deseado algo en toda mi vida.

Maldita sea. ¿Jefazo? Jamás me había sentido tan perdedor.

Me quedo sentado un largo rato en la habitación con Rosie. Apenas ha dado guerra en todo el día, ha estado quietecita en la cuna. Casi deseo que se despierte y llore para distraerme. Siento como si tuviera un agujero en el pecho. Un agujero que me ha dejado la mujer que acaba de marcharse.

Me suena el móvil. Yo suspiro y veo el nombre de mi padre en la pantalla. Respondo con irritabilidad.

—Sí —le espeto.

—¡Vaya tono, hijo! —exclama él riéndose—. Espero que no hayas olvidado que tienes una cita esta noche. Voy a enviar un coche a recogerla a las seis y media.

—¿Una cita? ¿De qué estás hablando?

—¿No te acuerdas de que India y yo hablamos de buscarte a alguien? Bueno, pues ha funcionado perfectamente. La compañera de piso de India, Montana, ha accedido a salir contigo. Tienes una reserva en Alinea a las siete.

—Papá...

—No puedes cancelar el mismo día. Es de muy mala educación.

—No quiero tener una cita con nadie, y menos con una amiga de India.

Mi padre suspira.

—Mira, hijo, ya sé que ha pasado algo con India y lo siento. Pero esta noche tienes que estar en ese restaurante. Si no apareces, me llevaré una gran decepción. Seguro que lo pasarás bien una vez que estés allí.

No puede estar más equivocado. Pero estoy demasiado derrumbado como para enfrentarme a él. Suspiro y me paso la mano por el pelo.

—De acuerdo.

—Estaré ahí a las seis y media para cuidar de Rosie. Ponte un buen traje.

Y dicho eso me cuelga. Miro el reloj. Solo tengo cuarenta minutos para prepararme. Suspiro y hago un esfuerzo por levantarme. Supongo que la vida sigue adelante aunque India no esté.

Cuando llega mi padre ya estoy preparado. Agarro las llaves del coche y salgo. Cuando entro en el coche me miro en el espejo retrovisor. Me he vestido para impresionar, pero no a la amiga de India.

No. Esto es para India.

Así que en lugar de dirigirme al restaurante, voy directamente a casa de India. Esta es la primera vez en mi vida en la que no pienso qué está bien o qué se espera de mí. La primera vez que dejo colgada a una mujer en un restaurante. Porque voy a buscar a la que quiero que sea mía.

Encuentro un sitio para aparcar y cruzo la calle. Llamo al telefonillo de su casa. Estoy nervioso por aparecer sin avisar, pero al mismo tiempo nunca he estado tan seguro en mi vida de lo que quiero. No voy a dejar pasar un día más sin decir lo que pienso.

—¿Sí? —una voz femenina desconocida me responde al otro lado del telefonillo.

–¿India?

–Ha salido, ¿quién es?

–Soy William. William Walker.

–¿Su jefe? –pregunta la mujer.

De pronto se hace el silencio. Yo miro el telefonillo con el ceño fruncido mientras trato de pensar qué hacer. Entonces se abre la puerta de entrada y aparece una mujer con un camisón de seda.

–¿William Walker? Soy la compañera de piso de India.

–Montana –trago saliva. ¿No se suponía que debía encontrarse conmigo en el restaurante? ¿Qué clase de broma es esta?

Montana parece estar planteándose lo mismo.

–¿Has dejado plantada a India para venir a verla a su casa? –me mira con recelo.

–No era mi intención dejar plantada a India.

–No, me ibas a dejar a mí –se burla ella con una sonrisa–. Porque no soy yo quien te interesa.

Yo sacudo la cabeza.

–No.

Montana se ríe y me mira con más amabilidad.

–No pasa nada. Lo superaré. Sin embargo, mi amiga se hace la dura por fuera pero por dentro tiene un corazón tierno. No se lo rompas. Y espero que no seas tanto el mal jefe del que me ha hablado, sino más bien el hombre que últimamente ha sabido seducirla. ¡Date prisa! Está en el restaurante.

Yo sacudo la cabeza con asombro.

–Entonces, ¿tú has planeado esto?

Montana asiente y luego se encoge de hombros.

–No exactamente. Ha sido idea de tu padre. Quería

141

que le dijera a India que se reuniera con *él* para cenar en un restaurante y hablar de lo que iba a hacer contigo. Pero luego te iba a enviar a ti en su nombre.

–¿Por qué?

–Está convencido de que necesitabas una segunda oportunidad con ella, pero tal vez India no acudiría si supiera que ibas a estar tú. Pero yo no confiaba en ti y solo accedí al plan con una condición. Tenías que pasar una prueba. Una prueba de lealtad.

–¿De qué estás hablando?

–Creías que ibas a acudir a una cita conmigo, pero en realidad siempre iba a ser con India. Al venir aquí has demostrado que es con ella con quien quieres estar. Pero si hubieras ido primero al restaurante pensando que te ibas a encontrar conmigo allí, yo tendría la prueba de que no eres bueno para ella. Has superado la prueba. Ahora ve a buscarla antes de que sea demasiado tarde.

–Gracias. Ah, y encantado de conocerte –vuelvo corriendo al coche, pero hay muchísimo tráfico y finalmente llego al restaurante cuarenta y ocho minutos tarde.

Un camarero me muestra mi mesa y me doy cuenta al instante de que hay una botella de vino sin abrir, pero ni rastro de India.

–Lo siento, señor –dice el camarero–. La señora esperó media hora. Debe haberse marchado.

Suelto un gruñido de frustración, me paso la mano por el pelo y salto. Maldición. ¿Mi única oportunidad para tener una cita con India y la estropeo? Marco su número en el móvil. No hay respuesta. Confiando en que si ha ido a casa Montana le contará que estoy buscándola, me dirijo a la mía en busca de mi padre.

Abro la puerta, entro y le veo al instante sentado en el sofá del salón. Pero está demasiado ocupado riéndose con alguien como para fijarse en mí.

Cuando la mujer se da la vuelta hacia mí, me quedo paralizado.

–India –murmuro. Estoy impactado por lo hermosa que está. Y por el hecho de que esté allí, en mi casa.

–William –me sonríe cuando se pone de pie.

Me duelen las pupilas de mirarla, está preciosa. Tiene los ojos pintados con una sombra y brillo en los labios. Lleva el cabello suelto y salvaje, y el vestido le marca cada curva del cuerpo. Pero es su sonrisa lo que me tiene fascinado. Pensé que nunca volvería a verla.

–Te he estado llamando –la voz me suena más áspera de lo que esperaba.

–Ah –India mira el bolso–. Lo siento, no lo he oído. Tu madre me estaba contando la trampa que nos han tendido Montana y él. Esperé un buen rato en el restaurante y luego él me llamó para decirme que viniera aquí. ¿Tú dónde has ido?

–He ido a buscarte. A tu casa. Ahí fue donde Montana me explicó…

–¡Ah! –los ojos le brillan al caer en la cuenta–. Me fuiste a buscar ahí.

–Así es. Luego intenté llegar al restaurante, pero había mucho tráfico.

Los dos nos quedamos mirándonos en silencio. Apenas puedo creer que esté aquí. No me extraña que papá estuviera tan desesperado porque acudiera a esta cita. No quería emparejarme con Montana: era con India con quien me quería ver desde el principio. Pero Montana y él nos han hecho sudar la gota gorda.

Maldición, esta mujer es perfecta. Estoy sin aliento. No tengo palabras. Estoy ahí de pie sin saber qué hacer o qué decir. Quiero tomarle las manos y decirle lo que siento, pero también quiero arrancarle la ropa. No es una buena combinación de sentimientos, pero no puedo evitarlo. Estoy feliz de verla.

–Bueno, pues hola a ti también, hijo –dice mi padre alegremente desde algún punto del salón.

Yo lo ignoro y le pregunto a India:

–¿Has cenado?

Ella niega con la cabeza. Cruzo la estancia para acercarme a ella, le pongo las manos en los hombros y le froto los brazos desnudos. Ella me mira con cariño y yo aspiro con fuerza el aire –intentando ordenar mis pensamientos.

–Necesito hablar contigo –le digo en voz baja.

Ella alza la mano y me la pone en el hombro. Luego me da un beso en la mejilla. No importa que mi padre esté delante, es como si estuviéramos solos.

La atraigo hacia mí por la cintura y la beso suavemente en los labios. Cuando se aparta, ambos estamos un poco jadeantes. Nos reímos entre dientes mientras unimos las frentes.

–¿Resume esto lo que querías decirme? –me pregunta.

Yo sonrío.

–Sí, bastante. Pero hay más. ¿Tienes un rato?

Ella asiente. Me cuesta un poco apartar la mirada de la suya y ponerla en mi padre.

–Papá, ¿te importaría cuidar de Rosie un par de horas más?

–¿Un par de horas? Tenía pensado quedarme a pasar la noche –papá señala la mochila que tiene al lado y sonríe.

Yo sonrío también, me acerco a él y le aprieto cariñosamente el hombro en gesto de agradecimiento. Mi padre me da un golpecito en la espalda.

–Vamos, marchaos y pasadlo bien los dos –dice haciéndome un gesto para que me vaya.

India me espera al otro lado de salón, y no puedo resistir la tentación de llevármela a pasar la noche conmigo.

Capítulo Diecinueve

India

—¿Me concedes el honor de cenar conmigo esta noche, India Crowley?

Yo asiento ante la proposición de William, incapaz de creer que es a mí a quien le ofrece el brazo para salir de la casa.

Cuando salí de aquel mismo sitio un poco antes, dudé si decirle cómo me sentía porque me di cuenta de que él estaba luchando su propia guerra. Yo también tenía lo mío, preguntándome si podría ser el tipo de mujer que un hombre como William podría amar.

Ahora me ha invitado a cenar… y he dicho que sí. Nada me apetece más que estar con él.

—Hemos perdido la reserva —me dice mientras conduce a nuestro destino sorpresa.

—No pasa nada. Podemos comprar comida para llevar.

—De acuerdo.

—William se para en el primer restaurante de comida rápida y pide dos hamburguesas con patatas y refresco en la ventanilla. Luego nos dirigimos al muelle y nos sentamos frente a mar.

Estoy temblando por todas las cosas que quiero decir, pero no encuentro las palabras adecuadas. Le amo.

Es maravilloso y aterrador. Nunca había estado enamorada. Tengo miedo de estar enamorada de *él*.

William se queda mirando el agua. No ha tocado la comida, y la verdad es que yo tampoco. Me limito a estudiar su perfil. Él aspira con fuerza el aire antes de hablar.

–La primera vez que te vi, te deseé –comienza a decir mirándome fijamente–. En contra de mis deseos. El instinto me decía que salía corriendo hacia el lado opuesto. Lo ignoré lo mejor que pude. Intenté hacer lo que me parecía adecuado aunque eso significara apartarte de mí con más rudeza de la que pretendía. Pero ahora sé que no está bien. No estar contigo no está bien. Tener miedo de lo mejor que me ha pasado en la vida no está bien. Por no mencionar que es una estupidez –sonríe.

Yo me río.

–¿Te doy miedo?

William se lo piensa un instante.

–Te admiro. Te deseo. No tengo miedo de ti, pero sí del modo en que me abres. Y de cómo me he enamorado de ti… completamente.

Suena como si se estuviera disculpando, como si no estuviera seguro de que su amor iba a ser bien recibido. Se me forma un nudo en la garganta.

–Eso ya no es suficiente para detenerme. Soy un trabajador nato, India, y trabajaré duro por esto…

–No hace falta –le interrumpo–. Sí, hemos tenido unos comienzos difíciles, pero yo también he tenido mi responsabilidad. Te he pulsado todas las teclas posibles. Tú también me dabas miedo. Todavía me lo das.

William me toma la mano y me deposita un beso en los nudillos.

–No tengas miedo de mí. Ya has visto mi peor parte, te lo aseguro. Hay otro lado de mí que tú sacas, y me encantaría que conocieras a ese hombre, India.

No puedo resistir la tentación de besarle en los labios antes de acurrucarme entre sus brazos.

–Llévame a algún sitio.

Él me acaricia la espalda.

–¿Dónde? –me pregunta al oído.

–A cualquier sitio donde podamos estar solos en la intimidad.

William me aparta unos centímetros la cabeza y me da un maravilloso y húmedo beso de tres minutos que me deja temblando. Seguimos besándonos en el camino al hotel de cinco estrellas Miracle Mile, en el que pedimos una habitación. Me levanta del suelo y me lleva en brazos a lo largo del pasillo. Yo me río como una niña. Estoy feliz. Le rodeo el cuello con los brazos y entramos así en la suite.

A la mañana siguiente regresamos a casa de William. No he dormido nada la noche anterior, pero estoy deseando ver a Rosie antes de que sus padres la recojan.

–¿Seguro que no pasa nada si paso a verla antes de ir a casa?

–Insisto –afirma William deslizándome los dedos por la espalda desnuda mientras abre la puerta con la otra mano.

Nos recibe un intenso chillido y el padre de William con una expresión de pánico que no le había visto jamás.

–¡William! Gracias a Dios. La niña no quiere comer. Le he cambiado el pañal. No tengo ni idea de qué le pasa –dice su padre intentando pasarle la niña a William.

William la toma en brazos.

–Veamos si funciona calentando un poco el biberón –le susurro mientras entro a toda prisa en la cocina.

William intenta calmarla acunándola. Rosie se tranquiliza y cuando yo vuelvo está hipando por haber llorado tanto.

–¿Lo haces tú o lo hago yo? –le pregunto mostrándole el biberón.

–Toma, hazlo tú. Voy a ayudar a mi padre. Parece listo para una larga siesta –William me guiña un ojo y yo sonrío al señor Walker.

Me siento en el sofá y acomodo el peso de Rosie en mis brazos antes de ofrecerle el biberón. Escucho las voces masculinas mientras padre e hijo hablan en el vestíbulo, y la de William hace que se me encoja el estómago con una sensación de calor.

–Nunca había tenido una noche como la de ayer. Gracias, papá.

–Me alegro. No sé qué os hacéis el uno al otro, pero parece más poderoso que un chute de vitaminas mezcladas con adrenalina.

Escucho a William reírse y la puerta se cierra poco después. Luego se hace el silencio. Me aseguro de que Rosie sigue tomando el biberón y de que está colocado correctamente para que no trague aire.

Confirmado que todo está bien, alzo la vista y veo

a William con los brazos cruzados apoyado en los talones, mirándome como un auténtico jefazo desde el otro lado de la expansión de brillante suelo de mármol.

Siento cómo me sonrojo.

–¿Qué pasa? –pregunto nerviosa. No estoy acostumbrada a ser el centro de la atención y la admiración de un hombre.

–Te queda bien mi sobrina en brazos.

–Que sea soltera no quiere decir que no tenga instinto maternal –contesto mirándole–. Pero no te hagas ilusiones.

William sacude la cabeza.

–Sí me las hago. Pero pueden esperar. Ven aquí.

Se sienta a mi lado y me pasa el brazo por el hombro mientras le doy el biberón a Rosie. De pronto siento como si me adormeciera igual que la niña y me giro un poco para apoyar la cabeza en su pecho.

–Si estoy soñando… no me despiertes nunca, Walker –le suplico riéndome suavemente.

Él sonríe y me da un beso en la oreja. Es el mejor tío del mundo para Rosie. Es el mejor hombre del mundo.

¿Y yo? Yo soy la chica más feliz del planeta.

Epílogo

India

—No puedo evitar estar nerviosa, William. Tengo la impresión de que es un gran paso.

Es domingo por la mañana. Bueno, mediodía, para ser exactos. Y ni William ni yo hemos hecho amago de salir de la cama. Es el cuarto fin de semana consecutivo que pasamos en mi casa, levantándonos tarde y viendo la televisión. Nos gusta la calidez de mi casa, y a mí me encanta ver lo cercano y con los pies en la tierra que parece William aquí. Para ser dos adictos al trabajo, estamos haciendo un gran trabajo relajándonos.

Pero hoy William quiere que conozca oficialmente a su familia… y anunciar nuestro compromiso.

—Relájate —me dice acariciándome suavemente el pelo—. No es para tanto. Ya conoces a mi padre. Y a Rosie, por supuesto. Y has hablado con Kit alguna vez por teléfono. Así que solo quedaría Alex por el momento. No pasa nada.

—William, te costó dos semanas venir siquiera aquí porque no querías encontrarte con Montana.

William se ríe.

—Sí, bueno, me dijiste que tampoco era una gran fan mía. Y nuestro primer encuentro no fue precisamente suave.

–Vamos, esa noche viniste a buscarme. Cambió su opinión respecto a ti y te amó. Además, mi familia ya te quiere. Así que eso me deja mucho trabajo a mí. No quiero estropear esto.

Él me besa suavemente la frente.

–Como si eso fuera posible. Mira, Alex y tú os vais a llevar de cine. Es igual de valiente que tú. Y mi familia estará encantada con que seas mi prometida.

–Eso espero. Pero tengo derecho a estar nerviosa. Eso convierte todo en algo muy… oficial.

William me atrae hacia su pecho desnudo.

–Bueno, yo diría que nos está yendo bien, ¿no? Me refiero a lo de seguir hacia delante.

Yo asiento en silencio. Le amo, y él también me ama a mí. Estamos avanzando. Vamos a poner fecha de boda para el año que viene. Nos vamos a convertir en marido y mujer. Vamos a mejorar esto de ser una pareja.

Incluso me cae bien la nueva asistente de William, y la he ayudado a instalarse. Trabajo desde mi apartamento durante la semana y luego me reúno con él después del trabajo para ayudarle a organizar las cosas que queden pendientes en la oficina. A veces escribo mi novela mientras le espero. Y el resto del tiempo solo somos él y yo. Así.

Tras cuatro meses saliendo me resulta completamente natural haber dado este paso. Estoy emocionada, enamorada y muy nerviosa porque quiero que todo sea perfecto hoy cuando le demos la noticia a su familia.

–Si estás así de nerviosa podemos esperar –dice William en voz baja.

Está claro que nota mi estado de ánimo. Pero quiero complacerle, así que sacudo la cabeza y sonrío.

–No, está todo bien. Hagámoslo.

Me incorporo, pero William me agarra de la cintura y me vuelve a tumbar en la cama. Yo me río cuando se coloca encima de él, sonriéndome como un adolescente. Me besa.

–Podemos esperar un poco más –dice besándome el cuerpo hacia abajo. Le dejo que me quite las braguitas y yo cierro los ojos, olvidando durante un instante el gran día que tenemos por delante,

Llegamos a casa de Kit sobre las tres de la tarde. Yo voy vestida de manera informal. Y al ver su casa siento como si fuera en harapos. Es todavía más grande que la de William y más lujosa. Me hundo en el asiento del coche, pero William percibe mis nervios y me toma de la mano.

–Todo va a estar bien –me dice–. Y yo le creo.

Nos dirigimos a la casa tomados de la mano. Apenas hemos llegado a la puerta cuando Kit la abre sonriendo. Le he visto varias veces con anterioridad, pero es más guapo de lo que recordaba. Antes de que pueda detenerlo, me rodea con sus brazos.

–¡India! Estoy encantado de que por fin hagamos esto. Ahora puedo hablar contigo en persona en lugar de por teléfono –dice antes de saludar a William–. Hola, hermano. Entra, Rosie te ha echado de menos.

Yo entro pegada a William. Nos dirigimos a la zona de estar, donde Alex y Alistair están tomándose un whisky. Alex es muy guapa, pelirroja y con ojos de gato, pero no me siento intimidada cuando se pone de pie para estrecharme la mano. Me sonríe con simpatía.

–Hola, India, encantada de conocerte por fin. Muchas gracias por ayudar a William a cuidar de Rosie en nuestra ausencia. Sé que puede ser complicada.

–Ha sido maravillosa todo el rato, pero tengo que decir que menudo par de pulmones se gasta –digo con naturalidad.

Alistair se ríe y se levanta para saludarme también.

–Ya te digo desde ya que vas a encajar muy bien en esta pandilla –asegura dándome una palmadita en el brazo–. Estamos encantados de tenerte aquí, India. Has puesto una sonrisa en la cara de mi hijo. Y eso es más de lo que nunca esperé.

William me guiña un ojo y yo le sonrío. De pronto tengo claro lo mucho que esta reunión significa para él. Se ha abierto a mí mucho más durante los últimos cuatro meses, contándome toda la presión que ha tenido para encontrar a alguien y sentar la cabeza como hizo Kit. Ahora sé que estar aquí es el mejor regalo que podría haberle hecho.

Y va de la mano con la aprobación de su padre. Cuando Alistair sonríe a su hijo puedo sentir cómo la tensión entre ellos se desvanece hasta que solo queda amor y respeto.

Pasamos un día maravilloso juntos. Alex y yo compartimos nuestros chistes más verdes. Kit y yo jugamos al pimpón hasta que nos duelen las muñecas. Alistair habla conmigo durante media hora sobre whisky y yo finjo entender lo que dice. William y yo nos ocupamos de Rosie cuando necesita un cambio de pañal, dándoles a Kit y a Alex la oportunidad de acurrucarse en el sofá a ver una película. Y durante todo el tiempo, William está a mi lado. Tocándome la espalda cada vez que parezco nerviosa. Llenándome el vaso cada vez que se vacía. Riéndose el que más de mis bromas. Sin necesidad de cruzar una sola palabra con él, siento el amor como nunca antes.

Cuando llega el momento del gran anuncio después de la cena, no estoy en absoluto nerviosa. Cuando William se levanta, me ayuda a mí a ponerme de pie y le dice a su familia que nos vamos a casar, me siento rodeada de su alegría y su amor. Me apoyo en el pecho de William e intento recordar cuándo fue la última vez que me sentí tan feliz.

–¿Estás bien? Pareces sumida en tus pensamientos –dice cuando llegamos a su casa más tarde.

Yo alzo la barbilla para mirarle y sonrío.

–Estoy recordando el día de hoy. No puedo creer lo feliz que soy. Pero echo de menos a Rosie.

–No tendrás que echarla de menos mucho tiempo.

–¿Qué? Si estás insinuando que quiero tener un hijo el mismo día que hemos anunciado nuestro compromiso…

William se ríe y me abraza.

–Lo que digo es que podemos ser sus niñeras en cualquier momento. Pero ahora que lo mencionas, estoy más interesado en el acto de crear un bebé.

–¿Ah, sí?

Él asiente muy serio.

–Soy… un poco adicto a ese acto. Sinceramente.

Los dos nos reímos y William me abraza más fuerte. Y de pronto nos estamos besando rápida y apasionadamente, con alegría y con necesidad de conexión.

Me hundo en su beso.

Nunca creí que me llegaría a gustar tanto besar a William. Me encanta pasar tiempo con él. Formar parte de su vida. Así que cuando me sube el vestido y me baja las braguitas no tengo nada que decir. Le rodeo el cuello con los brazos y le susurro al oído:

—Sí.

Le enredo ansiosa las piernas en la cintura y dejo que me transporte hasta la superficie más cercana. Me coloca contra la pared y se baja la cremallera sin dejar de besarme ni un solo instante. Ni siquiera cuando me sostiene por la caderas y entra en mí con un embate. Ni cuando empieza a moverse profunda y poderosamente, haciéndome gemir en su boca mientras él gruñe en la mía. Ni cuando me desliza los labios por el cuello y luego vuelve a subirlos para devorar mis gemidos una vez más. No dejamos de besarnos ni un solo instante, e incluso cuando hemos terminado es como si no fuera suficiente.

Hemos vivido durante dos semanas en nuestro pequeño mundo, una familia fingida: William, Rosie y yo. Y una parte de mí temía el momento en el que los padres de Rosie la recogieran y yo tuviera que irme.

Tenía miedo porque no sabía qué era yo para William ni que era él para mí.

Pero ahora lo sé, y él lo sabe también.

Y es divertido, fresco y nuevo. Como si fuera una cita que nunca se acaba.

Una cita en la que cada día que pasa nos enamoramos más el uno del otro.

Bianca

Cautivos en el desierto por una noche

SU AMANTE
DEL DESIERTO

Annie West

Cuando Ashraf, el príncipe del desierto, fue secuestrado junto a la geóloga Tori Nilsson, la desesperada situación de vida o muerte a la que se enfrentaban llevó a un apasionado encuentro. Despues de ser rescatados, Ashraf le perdió la pista a Tori, pero el poderoso jeque nunca dejó de buscarla. Ahora, quince meses después, por fin la había encontrado... y había descubierto que tenía un hijo.

Para reclamarlo, Ashraf estaba dispuesto a convertir a Tori en su reina, ¿pero podría ofrecerle algo más que un título?

Acepte 2 de nuestras mejores novelas de amor GRATIS

¡Y reciba un regalo sorpresa!

Oferta especial de tiempo limitado

Rellene el cupón y envíelo a
Harlequin Reader Service®
3010 Walden Ave.
P.O. Box 1867
Buffalo, N.Y. 14240-1867

¡Sí! Por favor, envíenme 2 novelas de amor de Harlequin (1 Bianca® y 1 Deseo®) gratis, más el regalo sorpresa. Luego remítanme 4 novelas nuevas todos los meses, las cuales recibiré mucho antes de que aparezcan en librerías, y factúrenme al bajo precio de $3,24 cada una, más $0,25 por envío e impuesto de ventas, si corresponde*. Este es el precio total, y es un ahorro de casi el 20% sobre el precio de portada. ¡Una oferta excelente! Entiendo que el hecho de aceptar estos libros y el regalo no me obliga en forma alguna a la compra de libros adicionales. Y también que puedo devolver cualquier envío y cancelar en cualquier momento. Aún si decido no comprar ningún otro libro de Harlequin, los 2 libros gratis y el regalo sorpresa son míos para siempre.

416 LBN DU7N

Nombre y apellido	(Por favor, letra de molde)

Dirección	Apartamento No.

Ciudad	Estado	Zona postal

Esta oferta se limita a un pedido por hogar y no está disponible para los subscriptores actuales de Deseo® y Bianca®.
*Los términos y precios quedan sujetos a cambios sin aviso previo.
Impuestos de ventas aplican en N.Y.

SPN-03   ©2003 Harlequin Enterprises Limited

Bianca

**Él podría salvarla...
pero sus caricias iban a ser su perdición.**

CARICIAS PRESTADAS

Natalie Anderson

Katie Collins no podía creer que estuviese delante del conocido playboy Alessandro Zeticci, pidiéndole que se casase con ella. Estaba desesperada por escapar de un matrimonio no deseado, organizado por su despiadado padre de acogida y la única solución que se le había ocurrido era encontrar ella otro marido. Alessandro no había podido ignorar la desesperación de Katie e iba a acceder a casarse con ella si era solo de manera temporal. No obstante, con cada caricia, Alessandro tuvo que empezar a preguntarse si iba a ser capaz de separarse de su novia.

DESEO

El reencuentro inolvidable de dos amantes

Una noche
con su ex
KATHERINE
GARBERA

Cuando en la fiesta de compromiso de su hermana, Hadley
Everton se reencontró con Mauricio Velasquez, su examante,
la pasión entre ellos volvió a avivarse. Pero lo que debía ser un
último encuentro de despedida había despertado en ellos el
deseo de darse una segunda oportunidad. Con el temor de un
embarazo no deseado y un escándalo mediático amenazando
su futuro, ¿podrían comprometerse esta vez a pasar juntos el
resto de sus vidas?